수프 좋아하세요?

수프 좋아하세요?

황유미 지음

do you
like it?

DO YOU LIKE SOUP?

카멜북스는 빨간 날 읽고 싶은 책을 만듭니다.

여러분에게 빨간 날은 어떤 의미인가요? 카멜북스는 빨간 날을 '좋아하는 일을 할 수 있는 날'로 생각했습니다. 미뤄 두었던 책을 읽고 그림도 그리고 생각만 하고 있던 새로운 취미를 시작할 수 있는 날, 오롯이 나를 위해 시간을 보내는 날 말이에요.

빨간 날에는 좋아하는 일을 합니다. 그래서 카멜북스는 빨간 날에 즐기고 싶은 취미와 취향에 관해 이야기하는 책을 시리즈로 엮어 보기로 했습니다. 분야에 상관없이, 나의 세계를 이루는 어떤 것에 대해 즐겁게 들여다보고자 합니다.

'좋아하세요?' 시리즈는 카멜북스의 여러 자아 중 하나가 이끌어 갑니다. 하나의 자아이자 우리의 얼굴이 되어 줄 제3의 팀원과 함께 모두의 빨간 날을 풍요롭게 채우는 책을 만들겠습니다.

카멜북스가 준비한 빨간 날의 세계로 여러분을 초대합니다.

수프를 끓일 때는 대체로 무심한 마음이 된다. 일단 재료를 손질해서 넣어 두면 알아서 한 그릇의 요리가 될 거라는 믿음이 있다. 냄비 여러 개를 태워 먹고, 기대와 다른 맛의 수프를 억지로 먹어 치우느라 진땀을 흘리기도 하면서 쌓아 올린 믿음이다. 맛없는 수프도 버리지 않고 고집스럽게 먹으면서 좋아하는 맛과 아닌 맛을 구분할 줄 아는 사람이 되었다.

냄비 두 개와 국자 하나, 1구짜리 인덕션이 있는 작은 주방에서 처음으로 단호박 수프를 끓였던 날을 기억한다. 엉망이 된 주방 옆에서 상을 펴고 앉아 수프를 먹는 동안 도로를 지나다니는 자동차 소리와 노래를 부르는 취객의 목소리가 초인종 소리처럼 가깝게 들렸다. 어쩌다 옆방의 목소리가 벽을 타고 흘러들어 오기라도 하는 날에는 깜짝 놀랐지만 이상하게도 이웃이 아닌 사람들이 내는 도시의 불규칙적인 소음은 무섭지 않았다. 그렇게 이름 모를 이들이 내는 소리에 둘러싸여 생애 첫 독립을 축하하는 조촐한 식사를 마쳤다.

그 후로도 여러 번 도시의 소음을 귓가에 걸어 두고 자주 보글보글 끓는 수프를 바라보며 오늘의 실수와 그로 인한 후회, 내일의 할 일과 그에 대한 걱정을 곱씹었다. 밀려드는 생각에 파묻히면 어김없이 탄내가 나서 화들짝 놀라 불을 껐다. 탄내가 폴폴 나는 수프를 먹으며 배웠다. 무심한 마음으로 기다리되 불 앞에서 엉뚱한 생각은 금물. 생각에 빠지게 만드는 복잡한 문제와 일상의 책무도 수프를 만들 때만큼은 잠시 내려놓아야 했다.

수프를 만들 때는 뭉텅뭉텅 썰어 넣은 재료가 익을 동안 바닥에 눌어붙지 않도록 적당한 타이밍에 저어 주어야 한다. 눈물 콧물이 밴 양파가 힘을 잃어 투명해지고 달콤한 향내가 나면 길고 긴 산행의 첫 번째 봉우리에 다다른 사람처럼 안도감을 느낀다. 이제 준비한 육수와 나머지 재료를 넣고 한소끔 끓을 때까지 기다리는 일, 기다리다 지치더라도 포기하지 않고 계속 불 앞을 지키는 일만 해내면 어떤 맛을 볼 수 있을지 알기 때문이다. 상상 이상의, 예상을 뛰어넘는 놀라운 맛은 아니지만 여전히 눈물을 훔치며 양파를 썰고, 지루함을 참고 불 앞을 지킨다.

나란 사람이 끓이는 수프는 언제나 내가 수없이 먹어 보았던, 예측 가능한 범위 내의 뻔한 맛에 불과하다. 반

전 하나 없는 내가 아는 그 맛이다. 몇 년째 비슷한 메뉴의 수프만 번갈아 가며 끓이는 모습이 꼭 특색 없는 내 인생 같다고 느낄 때가 있다. 굴곡 없이 밋밋한 일상에 파동을 주고 싶은 날이면 새로운 수프 레시피를 찾아보기도 하지만 그것도 어쩌다 한 번뿐, 다시 내가 지루하다고 느꼈던 바로 그 맛이 그리워져 단호박을 주문하며 군침을 삼킨다.

여전히 7일 중 6일을 아는 맛으로 채우고 하루 정도만 새로운 메뉴로 변화를 꾀하는 안전한 식단을 추구한다. "별일 없다"는 말을 입버릇처럼 내뱉는 편이지만, 나와 수프를 둘러싼 이야기를 정리하고 나니 "별일이 다 있었다"는 생각이 든다. 새로움이라고는 없는 안전한 내 식단이 초라해서 염증이 날 것 같은 날, 익어 가는 수프를 건조한 눈빛으로 바라보게 되는 날이면 제대로 된 수프 한 그릇을 끓일 줄 몰라 한참을 헤매고 망쳤던 수많은 날들, 그때 그 시절의 마음을 돌이켜 보려고 한다. 아마도 그때마다 만능 레시피라도 되는 것처럼 이 책부터 들춰 보게 될 것만 같다.

soup
do you like it?

목차

do you
like it?

soup

존버는 승리한다, 버티자.

기다리는 맛

아직 계획엔 없지만 혹시 나중에 아이를 양육하게 된다면 어릴 때부터 기다림을 가르치고 싶다. 눈앞에 있는 마시멜로 하나를 당장 먹는 대신 조금만 더 참으면 두 개로 보상해 주겠다며 아이들의 참을성을 시험한 실험처럼, 기다림의 중요성을 깨닫게 할 수만 있다면 엉성하게 설계한 상황이라도 연출하고 싶다. 동물을 조련하는 조련사처럼 낮은 목소리로, 근엄하게 말하면서.

기다려, 워워, 기다려. 기다리면 좋은 일이 있을 거라는 약속을 하고, 약속은 반드시 지켜서 코앞에 보이는 단기적인 성과만을 좇지 않도록 훈육하고 싶다. 이게 다 내 성격이 급해서다.

급한 성격은 집안 내력이다. '빨리빨리'가 몸에 밴 탓에 학교에 다닐 때는 물론 직장 생활을 하던 때에도 지각 한 번 한 적이 없을(못할) 정도였지만 해가 갈수록 급한 성격의 덕을 보는 시기가 지나갔음을 깨닫는다. 나이가 들수록 급한 성격은 독이라는 생각이 든다. 정신을 차려 보니 어느 순간 하다못해 수프를 한 냄비 끓일 때도 뚜껑을 몇 번이나 들었다 놓았다 반복하면서 물 끓는 시간조차 아까워하는 인간이 되어 있었다.

공백과 틈새를 허용하지 않는 촘촘한 시간관념을

지닌 성격 급한 사람한테는 가스레인지 앞에서 냄비를 지켜보는 일이 고역이다. 커다란 냄비 안에서 단단한 채소가 허물어지고 뭉개질 때까지 걸리는 시간도 기다리기 힘들어하는 인간은 공들여 익힌 수프에서만 맛볼 수 있는 깊은 맛을 알기 어렵다. 수프는 기다리는 능력이 있는 사람에게 어울리는 음식이다.

기다리는 것도 능력이라는 사실을 너무 늦게 깨달았다. 단기간에 괄목할 만한 성과가 보이지 않으면 가치가 없다고 쉽게 판단한 시절이 있었다. 덕분에 겉보기엔 목표로 점찍은 일은 쉽게 달성하는 사람으로 보이기도 했지만, 글쎄. 사실 간단한 공식 하나만 알면 된다. 성과가 보이지 않는 순간 미련 없이 접고 '되는 일'로 넘어가는 것이다. 어느 예능인의 말처럼 '하면 된다'를 거꾸로 한 '되면 한다'라는 마음으로 모든 기회를 대하면 누구나 생각보다 손쉽게 성공 확률이 높은 사람이 될 수 있다.

되니까 하는 사람이 되면 기다리는 시간도 짧아진다. 안 될 것 같은 일을 될 때까지 하는 인고의 시간과 조금씩 멀어진다. 될 것 같다는 판단은 경험과 기억이 쌓일수록 빠른 속도로 내리게 된다. 흔히 나이가 들수록 느긋해진다고 하지만 적어도 나는 느긋함을 연기하기는 쉬워

져도 실제로는 그 반대였다. 이래도 될까 싶을 정도로 빠른 속도로 사람과 상황, 미래의 가능성을 쉽게 재단할 때가 더 많다. 결과가 눈에 보이지 않으면 초조하고, 예기치 않은 상황을 마주하면 쉽게 흔들린다. 이미 내 손을 떠난 일은 느긋하게 놔두고 지켜보는 여유와 인내심이 부족해서다. 하지만 많은 일은 기다려야 완성된다. 날것의 채소가 모여 한 그릇의 요리가 될 때까지 필연적으로 기다려야 하는 시간이 있는 것처럼.

지금처럼 기다림을 어려워하는 성미 급한 사람으로 계속 살다간 큰일이 나겠다는 위기감이 찾아온 건 글쓰기가 취미가 아닌 일이 되면서부터였다. 대가를 받고 약속한 내용의 원고를 써서 기한 내에 납품하는 기술자의 삶이 시작된 후로 나는 어떻게 하면 내 기술을 한 단계 더 끌어올릴 수 있을까 하는 생각에 몰두해 있었다. 두 번째 소설집인 ≪오늘도 세계평화를 찾아 주셔서 감사합니다≫의 최종교를 보던 날에도 타인의 반응 하나하나에 휘둘리는 초보 저자임을 티 내며 담당 편집자에게 이것저것 물어보는데 이번엔 그 편집자가 내게 질문을 했다.

"작가님의 최애 부사가 뭔지 아세요?"

흥미로운 질문이었다. 공백 포함 10만 자에 가까운 글을 처음부터 끝까지, 그것도 여러 차례에 걸쳐 꼼꼼하게 검토한 타인이 내가 가장 즐겨 쓴 단어를 짚어 낸다니. 신뢰할 수 있는 정보이자 쉽게 획득할 수 없는 귀한 정보였다. 세상에 어느 누가 나조차 모르는 내 습관을 짚어 내 이야기해 준단 말인가.

"글쎄요. 어떤 단어죠?"

드디어 내가 쓴 글을 제대로 읽고 객관적인 관점에서 의견을 내는 사람을 만났다는 흥분을 감추지 못한 채 비범한 도사님 앞에 선 제자처럼 어서 '그 단어'를 점지해 주십사 애타는 마음으로 기다렸다. 어쩌면 그 단어가 나의 고유한 스타일과 정체성을 잡는 데 실마리를 제공하는 키워드가 될 수도 있겠다는 생각이 들었다. 그만큼 자주 썼다면 그 단어야말로 내 특성을 대변할 수도 있겠다며 내심 기대하고 있는 나에게 편집자는 전혀 예상치 못한 단어를 말해 주었다.

"황급히. 다들 뭔가를 황급히 하는 경향이 있더라고요."

황급히? 황급히라고? 상냥한 얼굴로 웃으며 '황급히'란 단어를 내가 자주 썼다고, '최애 부사'라 불러도 무

색하지 않을 정도로 빈번하게 사용한 단어였노라 친절히
말해 주는 편집자의 얼굴을 바라보며 나는 말했다.

"제가 성격이 급하긴 해요. 그래도 뭐가 그렇게 급
했을까."

그 자리에서는 아무렇지 않은 척 웃으며 말했지만
누군가 내 표정을 보고 만화로 표현했다면 뒤통수에 땀
을 몇 방울이나 그렸을 것이다. 겉으로는 진지하게 받아
들이지 않는 척, 농담에 농담으로 능숙하게 맞받아친 척
나를 방어했지만 속으로는 '황급히'라는 단어를 듣자마자
양 뺨이 붉게 달아오르는 것 같은 민망함과 두려움까지
느꼈다. 소설 속에 등장하는 인물들이 매번 '황급히' 자리
를 뜨고 '황급히' 결정을 내렸을 수도 있다고 생각하니 등
에서 식은땀이 나는 것 같았다. 급하게 행동하고 결정하
다가, 마침내 결말까지 '황급히' 닫아 버리는 이야기로 끝
났을까 봐 무서운 마음에 회의가 끝나고 집에 돌아가는
길에도 내내 그놈의 단어가 잊히지 않았다. 내가 아닌 다
른 사람이 되어 보고자 소설을 쓰는데, 정작 나랑 꼭 닮
은 성질 급한 인물들만 활개 치는 글을 쓴 것 같아 머릿속
이 복잡해졌다.

좋은 글을 쓰려면 일단 좋은 사람이 되어야 한다

는 말을 들은 적 있다. 아무리 애를 써도 결코 자기 자신을 뛰어넘는 글은 쓸 수 없다는 뜻일까. 감추려고 노력해도 내 성향과 가치관, 삶의 방식까지 글 속에는 쓰는 사람의 일부가 어떻게든 남아 있을 수밖에 없어서 글쓴이와 글을 분리할 수는 없는 걸까. 아직은 어떤 사람이 좋은 사람이며 좋은 글을 쓸 수 있는 사람인지 알아내지 못했다. 다만 어떤 상황에서도 황급히 행동하는 사람이 되고 싶지는 않은데. 지난하고 다소 괴로운 과정을 거치더라도 끝까지 해결하는 인내심 있는 사람이 되고 싶다. 결말로 향해 갈수록 기대감이 고조되는 이야기를 쓰고 싶어 하는 사람, 포기하지 않고 마지막까지 힘을 발휘하는 인물에 매료된 이야기 중독자 중 한 사람으로서 단언하건대 성급한 인물보단 여유롭고 침착한 인물이 매력적이다. 아무쪼록 '황급히'라는 단어의 굴레에서 빠른 시일 내에 벗어나고 싶은데, 소망마저 '빠르게' 이뤄지기를 바라고 있자니 한숨이 나온다. 그래, 아직 갈 길이 멀다는 건 알겠다.

수프를 끓이는 날이면 이런 생각을 한다. 내가 기다리는 시간을 즐기는 느슨한 사람이었다면 어땠을까? 불 앞에 서서 냄비에 들어간 모든 것들이 익어 가고 뭉개지고 형체를 잃어버리는 일련의 과정을 느긋하게 기다릴 줄 아는 사람이었다면 내가 쓰는 글이 지금과는 다른 모양이 될 수 있지 않았을까 상상한다. 그런 사람이었다면 백지를 열어 한 문장을 쓰고, 다음 문장으로 넘어가서 마침내 한 편의 이야기를 완성할 때까지 필요한 그 모든 과정도 지금보다는 즐길 수 있었을 텐데. 글쓰기는 때때로 목적지를 알 수 없는 여행과도 같아서 초조할 때가 있지만 어느 순간 도착했음을 깨닫게 될 거라는 믿음이 필요한데, 느긋함이 부족해 억지로라도 매듭을 짓고 싶을 때가 있다. 완성도를 높이기 위해서는 오히려 당장 끝내고 싶은 마음을 누르고 기다려야만 한다는 사실을 깨달은 뒤엔 자주 되뇐다. 존버는 승리한다, 버티자.

버틴다는 말에도 싫증이 날 것 같은 날이면 야채수프를 끓인다. 감칠맛과 풍미를 느끼려면 채수를 우려내야 해서 성미 급한 나와는 상극인 수프다. 기다림의 연속인 요리 과정이지만 당근과 감자, 양배추를 큼직하게 썰어 야채가 잠길 때까지 물을 부은 뒤 불에 올린다. 이제는 어리지도 않아 누군가 옆에서 "기다려"라고 외치며 진정시켜 줄 리도 없으니 나 홀로 마음을 다스리기 위해 선택한 방법이다. 수프를 끓이며 내 몸과 마음의 시곗바늘이 돌아가는 속도가 조금씩 느려지도록 조정한다. 기다림에 익숙해지도록 몸과 마음을 길들이는 수련과도 같다. 불 앞에서 조금씩 으스러지는 재료를 나무 주걱으로 천천히 휘저으면 정체 모를 불안도 뒤편으로 밀려난다.

형체가 없는 불안이 밀려난 자리엔 구체적이고 작은 단위의 걱정만 남는다. 언제쯤 익을까, 제대로 익고 있는 걸까, 배고파서 빨리 먹고 싶다, 물을 조금 더 넣어야 하나, 따위의 사소한 걱정들이. 세세한 고민은 실체가 분명해서 다루기가 까다롭지 않다. 어떻게 끝내야 할지 알 수 없는 이야기처럼 출구가 보이지 않는 막막함과는 비교할 수 없을 정도로 간단히 해결할 수 있다. 냄비에 눈을 떼지 않고 지켜보면 요리가 완성되고, 걱정은 자연히 사라진다. 시간이 흐르면 해결된다는 점에서 수프 만들기는 글쓰기와 비교했을 때 나를 배신할 확률이 현저히 낮은 활동이다.

언제나 내가 생각한 것보다 훨씬 더 끓여야 풍미가 나는 야채 수프는 까다롭다. 채수를 우리는 시간이 아까워 감칠맛을 쉽게 첨가할 수 있는 치킨스톡의 힘을 빌려 보기도 하지만 내 취향은 아니다. 한숨을 쉬며 다시 도마를 꺼내고, 당근을 썰고 감자도 손질한다. 성가시지 않다고 하면 거짓말이다. 여전히 가끔은 시간을 절약하려 맹물에 치킨스톡과 냉동 야채를 털어 넣은 초간단 야채 수프로 대체할 때도 있다. 물이 끓는 걸 기다리는 순간부터 은근히 신경질이 날 것만 같고 투덜대기까지 할 때도 있다. 마침내 기다림 끝에 얻은 뜨거운 수프 한 그릇을 입천장이 까지는 것도 모르고 음료를 들이켜듯 급하게 먹는 날도 많다. 지금도 대체로 수프를 끓이고 먹는 과정 하나하나에 집중하며 여유를 부리지 못하는 날이 많지만, 적어도 3분 수프만 돌려 먹던 시절보다는 나아졌다고 믿고 싶다. 나아지고 있다는 믿음이 앞으로 더 나은 사람이 될 수 있다는 확신으로만 바뀔 수 있다면 더 바랄 것도 없을 텐데. 수프를 한 냄비씩 끓일 때마다 바닥이 난 인내심이 밑바닥에서부터 조금씩 차오르는 그림을 그린다. 머지않아 나는 또 커다란 냄비에 수프를 끓이는 행위로 큰 불안을 피해 작은 걱정으로 도망칠 것이다. 기다림이 녹아든 수프 한 그릇을 바라보며 그래, 이 맛에 내가 수프를 끓이지, 하고 안도할 때쯤엔 하산해도 되겠지.

도시인의 수프

내 이름으로 계약한 방에서 처음으로 만든 요리는 단호박 수프였다. 그전엔 주방이 없는 고시원에서 잠깐 살았기 때문에 인덕션 하나가 딸린 원룸을 계약하면서 집 안에서 요리를 할 수 있다는 사실이 무엇보다 만족스러웠다. 기쁨은 일주일도 지나지 않아 곤란함으로 바뀌었다.

주방이 있음에도 밥을 하기가 힘든 집에 산다는 건 요리를 할 수 없는 곳에 사는 것보다 더욱 곤란한 일이었다. 전용 면적 5평이 채 되지 않는 원룸은 사방이 건물로 둘러싸여 있어 창문을 열어도 통풍이 시원치 않았다. 식사한 후엔 적어도 반나절은 창문을 열어 놔야 냄새가 빠지는 것 같았다. 그렇게 환기를 해도 행거에 걸린 옷에 밴 냄새가 쉽게 사라지지 않아 옷을 보호하기 위해서는 요리를 멀리해야 했다. 옷이냐 밥이냐, 그것이 문제였다. 생활의 기본 요소라는 의식주 중에서 주(住) 때문에 의(衣)와 식(食) 중 하나만 택해야 하는 상황에 부닥치니 영화 〈소공녀〉에서 집을 포기하고 취향을 ─ 담배와 위스키로 표상되는 ─ 택한 미소를 이해하게 되었다. 독립하자마자 월급의 삼십 퍼센트에 가까운 금액을 월세로 갖다 바쳐야 하는 집을 버리고 싶다는 충동을 느꼈다.

물론 그런 일은 벌어지지 않았다. 월세를 내기 위

해 출근했고, 출근할 때 입을 옷을 단정히 관리하기 위해 요리를 포기했다. 주(住)와 의(衣)에 밀린 식(食)을 등한시하지 않기 위해 찾아낸 대안이 양식이었다. 김치를 비롯한 마늘과 고춧가루, 멸치액젓이나 새우젓 같은 냄새가 강한 양념을 필요로 하는 한식의 흔적은 길고도 진해서 다음 날 출근을 생각하면 엄두가 나지 않았다. 양념이 필요 없으면서도 조리 과정이 복잡하지 않은 양식 위주로 해 먹었다. 파스타를 삶아 소스에 버무리고, 양상추를 찢어 샐러드를 만들고, 단호박을 삶아 수프를 끓였다.

수프를 끓이면 고소하고 달콤한 향이 원룸을 가득 채웠지만 거슬리지 않았다. 코끝을 자극하는 강렬한 냄새가 아니라 온기에 녹은 치즈가 유연하게 늘어나듯 사람을 한없이 늘어지게 만드는 버터 향이라면 설사 겉옷에 냄새가 배서 다음 날까지 지울 수 없다 해도 나쁘진 않았다. 룸 스프레이와 탈취제, 향수와 향초까지 향의 계열을 맞춰 종류별로 방향제를 구비할 정도로 냄새 관리에 공을 들였지만 단호박 수프 냄새에는 관대했다.

미니 단호박 하나, 양파 반 개, 버터 한 조각과 우유라는 간단한 재료였지만 수프 맛은 이러면 불공평한 것 아닌가 싶을 정도로 호사스러웠다. 이런 음식은 제대로 된 대접을 받아야 해. 나를 대접하기 위해서가 아니라 상황에 걸맞지 않을 정도로 비싼 맛을 내는 기특한 단호박 수프를 대접하기 위해 종종 유난스럽게 식사 환경을 조성했다.

책상과 이불을 펴면 남는 자리가 없던 원룸에서는 저녁마다 책상이 곧 밥상으로 변신했다. 노트북과 책을 치우고 식탁보를 깔아 책상을 식탁 분위기로 만들었다. 자주에서 구매한 멜란지 그레이 색 수프 그릇을 꺼내 개나리색 단호박 수프를 담았다. 식기를 놓은 뒤 그날의 기분과 날씨, 상황에 어울리는 음악을 선곡해 블루투스 스피커를 연결하면 식사 준비가 끝났다. 식사를 요란하게 준비하다 보면 여덟 시 반에서 아홉 시가 되어서야 저녁을 먹을 수 있었다. 그래도 주린 배를 움켜쥐고 고집스럽게 단호박을 찌고 으깼다. 단단하고 옹골찬 원형이 형체를 알아볼 수 없는 커스터드 크림처럼 변할 때까지. 부드러운 단호박 수프를 한 스푼 떠서 입으로 밀어 넣으면 저지할 새도 없이 목구멍 안으로 미끄러져 들어갔다. 달콤한 수프를 음미하다 보면 내가 나를 돌보는 법을 잊지 않았다는 사실에 안도했다. 그 시절 나는 아무도 없는 고요한 방에서 저녁 한 끼는 원하는 요리를 챙겨 먹어야만 내가 거주하는 공간을 좋아할 수 있었다.

　　서울에 매료되는 건 쉬워도 머물기는 어렵다. 서울
에 사는 동안 자신이 머무르는 공간을 좋아할 수 있는 사
람은 극소수다. 좋은 집엔 그만큼의 대가가 따른다. 도시
는 누구든 포용할 준비가 되어 있는 곳이지만 포용에 따
른 대가로 철저히 값을 매겨 차용증을 건넨다. 하늘과 땅
은 사고팔 수 있는 것이 아니라던 인디언 스와미족의 추
장 시애틀의 호소가 무색하게 도시에서는 햇볕에도 가격
이 매겨진 지 오래다.
　　나 역시 서울은 좋아하지만 그간 서울에서 살았던
집을 좋아한 적은 없다. 태생이 긍정적이고 훌륭한 인품
을 지닌 사람이라면 마음에 차지 않는 환경에서도 장점을
발견하고 가꾸면서 가진 것에 만족하며 살았겠지만 나는
단점을 인식한 이상 개선하지 않을 수 없는 사람이다. 덕
분에 적어도 2년에 한 번 꼴로, 어떤 집은 1년 만에 탈출
해 이전 집의 단점을 보완한 것처럼 보이는 집으로 이동했
다. 위치, 면적, 채광, 구조, 곰팡이 유무와 소음까지. 질 나
쁜 여애를 통해 단련된 탓에 사람을 보는 특유한 기준이
생긴 사람처럼 시간이 지날수록 집을 고르는 안목이 높

아졌다. 바꿔 말하자면, 첫 집은 최악이었다. 살면 살수록 새로운 단점이 튀어나오는 공간에 거주하는 동안 나 따위는 안중에도 없는 도시를 향해 가망 없는 외사랑을 쏟는 기분이었다.

도시를 향한 외사랑에 지쳐 탈주하고 싶을 때 거주 공간에 낭만을 더하고자 단호박 수프를 끓였다. 좀처럼 감상에 젖어 들기 어려운 날들이 이어졌지만 나만의 공간에서 수프를 끓인다면 집 나간 낭만도 불러들일 수 있을 것 같았다. 기대했던 단호박 수프는 맛있었고, 어떤 인테리어 소품보다도 내 공간을 아늑하게 만들어 줬다. 그러나 요리 과정은 낭만과는 거리가 멀었다.

별생각 없이 메뉴를 단호박 수프로 정한 뒤 퇴근 길에 충동적으로 슈퍼마켓에 들러 단호박 한 통과 양파 한 망, 버터와 우유까지 장을 봤지만 집에 도착해서야 믹서기가 없다는 걸 알았다. 그 당시는 최소한의 살림살이로 살아가는 미니멀 라이프가 유행하기도 전이었지만 나는 본의 아니게 조금 큰 박스 하나에 모든 짐을 넣을 수 있을 정도로 미니멀리즘을 실천하며 살고 있었다. 독립을 한 지 얼마 되지 않아 살림살이가 없기도 했고, 언제 이사할지 모른다는 생각에 소비를 극도로 꺼렸기 때문이다.

갖고 싶은 건 다 가지는 맥시멈의 삶을 실현할 여건이 되지 않아 어쩌다 보니 미니멀리스트가 된 덕에 요리해 보겠다고 재료까지 준비했는데 조리 도구가 없는 곤경에 빠진 것이다.

차가운 음식을 따뜻하게 데우는 것 외엔 할 수 있는 게 없어 보였지만 냄비 두 개와 국자, 수저 두 벌과 그릇 한 세트가 전부인 주방에 서서 블로그 검색부터 시작했다. 다행히 주방 사정이 비슷해 보이는 유명 블로거가 믹서기 없이도 수프를 만들 수 있다며 용기를 북돋우는 포스팅을 해 두었고, 나는 얼굴도 모르는 블로거의 말을 믿고 그대로 따라 했다. 황금색으로 빛이 나는 단호박 수프 사진을 바라보며 부푼 마음으로 단호박을 쪘지만 설익은 단호박이 썰리지 않아 그때부터 망했다는 생각과 싸워야만 했다.

요리할 때 첫 단추를 잘못 끼운 것 같으면 그때부터는 나 자신과의 싸움이다. 어쨌든 쓰레기로 내버릴 수는 없으니까 마무리까지 최선을 다해 보자는 의지가 필요하다. 김이 한 번 더 날 때까지 단호박을 쪄 내자 이번엔 푸른 껍데기와 노란 속을 분리해 내는 과정이 남아 있었다. 껍데기를 말끔하게 제거하지 않으면 헐크 색 수프를 먹게 될 수 있다는 아찔함에 양손을 바꿔 가며 부지런히 속을 발라냈다. 우유를 붓고 다시 끓이면서는 단호박에 원한이 맺힌 사람처럼 국자로 치고 뭉개고 또 뭉갰다. 마침내 블로그에서 본 사진과 흡사한 단호박 수프가 완성되자 오랜 저항 끝에 빼앗긴 권리를 되찾은 활동가라도 되는 것처럼 감동이 울컥 올라왔다. 감동은 한 번이면 충분했다. 식사가 끝나자마자 작고 저렴한 믹서기를 찾아 주문했다.

수프를 먹을 때 듣고 싶은 음악이 없는 날이면 영화를 틀어 두었다. 장르와 시대 구분 없이 유명하다는 영화를 무작정 틀어 둔 채 먹는 행위에 집중했다. 따라서 그 시절 늦은 저녁을 먹으며 보았던 영화의 줄거리는 통 기억이 나지 않는다. 다만 영화 〈피아니스트〉의 한 장면은 또렷하다. 하필 홀로코스트 참사를 다룬 어둡고 축축한 전쟁 영화에 몰입한 건 내 처지를 얼떨결에 서울로 흘러들어 온 포로에 자주 비유했기 때문이다. 유대인인 스필만의 가족은 독일군의 공습 이후 강제 이주 구역인 게토로 내몰리고도 가족끼리의 식사 시간만큼은 포기하지 않는다. 식탁에 둘러앉아 먹을 수 있는 음식이라고는 묽은 수프가 전부임에도. 곧 그 대단치 않은 수프 한 그릇을 함께 먹는 시간조차 허락되지 않으리라는 걸 알기에 조마조마한 마음으로 그들의 저녁 식사를 모니터 너머로 지켜보았다.

스필만과 그의 가족이 최후의 순간까지 수프를 나눠 먹으며 매일 저녁 식사 시간을 지켜 냄으로써 존엄성을 확인한 것처럼 우리에게도 누구나 자기만의 수프가 필요하다. 누구에게나 지키고 싶은 삶의 최저선이 있다. 도시가 던진 기회라는 미끼에 낚여서 발을 잘못 들인 것 같다는 후회가 넘실댈 때 저항하는 마음으로 단호박 수프를 끓였다. 언제까지 계속될지 모르는 외사랑에 위로가 되는 점이 있다면 도시에 발을 들인 뒤 포로 신세를 벗어나지 못하는 이가 나뿐만은 아니라는 것이다.

처음 단호박 수프를 끓여 먹었던 집에서는 2년을 채 채우지 못하고 다른 집을 구해 이사를 나갔다. 이사하는 날 주방에서 단호박 수프를 끓일 때 튄 것으로 추정되는 노란 얼룩을 벽지에서 보았다. 물티슈로 닦아도 잘 지워지지 않는 지난 흔적을 바라보다 포기하고 다시 이삿짐을 꾸렸다. 선반 위에 얌전히 보관해 둔 믹서기를 챙기고 깨끗이 닦은 인덕션을 바라보며 다음으로 이곳에 살게 될 사람의 수프는 무엇일지 문득 궁금해했다.

아직 수프를 먹지 못했는데

광고회사에서 일하던 시절 특수한 프로젝트에 참여한 적이 있다. 클라이언트의 회사가 있는 도시에 살면서 매일 클라이언트의 사무실로 출퇴근을 해야 했던 프로젝트다. 클라이언트가 이사를 강요한 것은 아니었고, 거주지인 서울이 아닌 다른 도시까지 매일 출퇴근을 해야 하는 대행사 직원들을 배려해 프로젝트 기간 동안 발생하는 숙박비를 클라이언트 예산으로 처리해 준 것이었다. 사실상 매일 출퇴근을 클라이언트와 함께해야 하는 상황이다 보니 일상의 긴장도가 높았다. 규모가 큰 프로젝트였기 때문에 저마다 각자의 위치에서 느끼는 스트레스도 컸다. 모두 자잘한 병을 앓으며 말라 가고 있었는데, 피곤하면 입 안쪽부터 헐기 시작하는 나는 식사 시간마다 민망함을 느꼈다.

밥을 제대로 씹어 넘기지 못하는 나를 보면서 우리 팀 선배들은 물론 클라이언트까지 걱정을 보냈다. 요즘 매번 밥을 다 남기는데 괜찮은 거냐, 어디 안 좋은 거냐. 심지어 나중엔 클라이언트에게 우리 회사 식당 밥이 입맛에 맞지 않는 거냐는 말까지 듣고 얼굴이 붉어졌다. 나보다 더 늦게 퇴근하는 선배들도 밥은 잘만 먹는데, 줄지에 까다롭게 굴면서 분위기를 망치는 팀원이 된 것 같아 민망했다. 혓바늘이 나서 그렇다고 솔직하게 이야기했지만 동일한 질문과 걱정이 식사 시간마다 반복되었다.

　　같은 말을 반복해서 들으니 어느 순간 걱정이 아니라 힐난을 받는 것 같았다. 남이야 밥을 먹든 말든 무슨 상관이람. 국물에 밥을 말아 겨우 넘기면서 내일부터는 점심에 혼자 수프나 죽을 먹어야겠다고 생각했지만 실행하지 못했다. 눈치가 보여서 차마 점심을 혼자 먹겠다는 말을 하지 못한 것이다. 그깟 눈치가 뭐라고. 지금 같았으면 얼마든지 혼자 먹었을 것이다. 먹기 싫은 밥을 억지로 먹지 않아도 된다는 사실을 몰랐다. 팀원 한 명이 밥을 같이 먹지 않는다고 해서 무너질 팀워크라면 그 팀이 엉망인 팀이라는 것도 몰랐다. 애초에 팀워크와 분위기가 동의어가 아니라는 사실도 몰랐다. 어떻게 그걸 모를 수 있는지 의아하지만 그때는 정말 몰랐다.

　　사나흘만 고생하면 괜찮아질 줄 알았지만 상태는 점점 심해졌다. 사무실 근처 약국에 들러 입안에 바를 수 있는 모든 종류의 약을 사서 써 봤지만 소용이 없었다. 그때쯤 선배들은 가끔 짬이 나면 근처 내과에 들러 비타민 주사를 맞고 왔다. 차라리 선배들을 쫄래쫄래 따라가서 링거를 맞았다면 몸은 덜 고생했을 텐데. '점심에 링거를 맞으며 버티는 회사원'이 되는 순간 질 것 같았다. 대체 무엇에 진단 말인가? 당시 나는 내 삶의 통제권을 두고 매 순간 회사와 다투었다. 몸과 마음이 감당할 수 있는 범위를 넘어서지 않도록 일을 통제하고 있다는 주도권을 넘겨주고 싶지 않아 병원에 달려가지 않았다. 미련한 고집이었다. 개인이 자율적으로 업무 강도를 통제할 수 있는 조직이었다면 선배들도 진작 그렇게 살았을 것이다. 링거를 맞으러 간 선배의 숫자가 늘어날수록 통풍이 시원치 않은 꿉꿉한 사무실의 공기도 무거워졌다.

　　무거운 공기를 가르며 오가는 말도 곱지 않았다. 아무리 감정을 숨기는 데에 능한 사람이라고 해도 매일 기본 10시간 이상 같은 공간에 있으면 티가 나기 마련이다. 부정적인 감정에 노출되는 시간이 길어질수록 당장이라도 사무실 문을 열고 뛰쳐나가고 싶다는 회피 욕구만 커졌다. 퇴근 후 돌아갈 곳이라고 해 봤자 집이 아닌, 사무실 도보 10분 거리의 비좁은 호텔 방이었지만. 그래도 기계처럼 할 일을 다 쳐낸 뒤엔 호텔의 내 방으로 헐레벌떡 뛰어갔다. 사람이 없는 공간이 절실했다.

　　여느 때처럼 짜증 섞인 목소리와 분노와 답답한 공기 속에서 근무 시간이 끝나고 퇴근을 하려고 사무실을 나선 날이었다. 갑자기 선배가 곱창을 사 주겠다며 나를 붙잡았다. 허리 통증 때문에 주사를 맞았던 선배였다. (편의상 이 선배를 '통증'이라고 부르겠다) 그러자 또 다른 선배도 좋다며 호응했다. 시간이 날 때마다 피로회복 주사를 맞고 오는 선배였다. (이 선배는 '피로'라고 부르겠다) 프로젝트가 시작된 뒤로 6kg이 쪘다는 동료도 합류했다. (동료는 '무게'라고 칭하겠다) 그렇게 입안이 너덜너덜한 나는 통증, 피로, 무게를 따라 곱창 맛집이란 곳에 찾아갔다.

불판에 구워 먹는 음식을 좋아하지도 않거니와 입안이 헐어 육류를 씹을 수 없었던 나는 식사 자리가 달갑지 않았다. 시작부터 소주와 맥주를 섞어 연신 들이켜는 통증과 피로, 무게 옆을 그저 멍하니 지켰다. 피로가 술을 먹지 못하는 나를 배려해서 콜라와 사이다를 넉넉하게 시켰다. 무게는 갑자기 된장찌개와 밥을 시켰다. 역시 나를 배려한 주문이었다. 3차로 간 술집에서는 통증이 토닉워터 한 병을 아예 내 앞에만 놔두었다. 보드카를 마시지 못하니 달달한 토닉 워터라도 들이켜 보라는 거였다. 그렇게 모든 자리에서 피로와 통증, 무게가 먹고 마시는 그 어떤 것도 나누지 못하고 겉돌다가 3차를 마지막으로 회식이 끝났다.

알코올의 효과인지 기분이 한결 좋아진 것 같은 피로와 통증, 무게와 나란히 호텔 방향으로 걸었다. 통증이 갑자기 "편의점이다!"라고 외쳤다. 신이 난 아이처럼 편의점 안으로 우다다다 들어가는 그를 말릴 새가 없었다. 당황한 나는 따라 들어갔다. 걱정했지만 통증은 생각보다 얌전하게 물건을 골랐다. 통증이 든 바구니에는 아이스크림과 숙취해소제인 여명이 가득했다. 피로와 통증이 서로 계산을 하겠다고 싸우다가 결국 누가 이겼는지 모르겠지만 아무튼 계산이 끝나고 우리는 다시 걸어갔다. 다 함께 여명 한 병을 들이켜고 호텔 앞까지 걸어왔다.

호텔에 도착해 내일 보자는 인사를 하고 들어가려는데 통증이 우리를 붙잡았다. 통증은 피로와 무게에게 아이스크림을 나눠 주었다. 쭈쭈바를 하나씩 받아 든 피로와 무게가 고맙다고 했다. 내 차례가 오자 나도 손을 내밀었다. 그런데 선배가 내 손에 올려놓은 물건은 차가운 아이스크림이 아니었다. 컵으로 된 수프였다. 전자레인지에 돌려서 먹는 간편식 말이다. 갑자기 아이스크림이 아닌 수프가 튀어나오자 당황스러웠다. 저도 피로와 무게처럼 쭈쭈바가 먹고 싶은데요? 왜 나민 수프를 쥐여 주는 건지 이해할 수가 없었다.

"소화가 안 된다고 했지? 내일 아침에 이거라도 먹어."

알고 보니 통증은 나름대로 맞춤 선물을 준비한 것이었다. 소화기가 아니라 입안이 엉망진창인 건데. 비록 증상은 틀렸지만 선배가 내 상태를 은근히 신경 쓰고 있었다는 생각에 찡했다. 피로와 무게가 쭈쭈바 잘 먹겠다는 인사를 했고, 우리는 웃으면서 서로의 방으로 걸어 들어갔다. 방에 들어서자마자 작은 냉장고에 컵수프를 넣었다. 그 뒤로 냉장고를 열어 볼 일은 없었다. 다음 날 아침 통증과 피로, 무게와 나는 사무실 자리에 앉아 업무를 했다. 달라진 건 없었다. 촘촘한 일정, 팽팽한 긴장감과 예민함, 날카로운 언쟁과 때로는 적대적인 분위기 속에서도 최선이라고 믿는 결과를 내기 위해 고군분투했다. 다시 일상이었다.

금요일에서 토요일로 넘어가는 밤이 왔다. 체크아웃을 앞두고 괜스레 심란했다. 주말 근무가 없으면 토요일 오전에 체크아웃을 하고 각자의 집에 돌아갔다가 월요일에 다시 출근하는 일정을 반복했다. 그러니까 월요일 퇴근 후엔 다시 이 호텔로 돌아와야만 했다. 주말을 앞두고 긴장이 풀려 푹 잘 수 있을 줄 알았지만 잠이 오지 않았다.

다음 날 서울에 갔다가 다시 이 방으로 돌아와야 한다고 생각하니 눈을 감고 싶지 않았다. 다음이 전혀 기대되지 않을 때 일상은 공포가 된다는 걸 이때 배웠다. 차라리 사라질까. 사라질 수 있는 방법조차 없었다. 방법이 없어서 두 시간만 시간을 정해 두고 사라진 척해 보기로 했다.

중학생 때 읽었던 〈주희주리〉라는 만화에서 주인공 주희는 울고 싶은 일이 있을 때 옷장 안에 들어가서 운다. 실컷 눈물을 흘린 다음 옷장을 박차고 나와 주희는 이렇게 말한다. "아, 이제 다 울었다!" 슬픔에 한도를 정해 두는 것이다. 우렁차게 옷장 문을 여는 주희의 모습에 매료된 날부터 나도 비슷한 놀이를 했다. 부정적인 감정이 한꺼번에 몰려들 때 시간을 정해 두고 그 감정을 한껏 즐기기. 아무것도 하지 않아도 좋고 끔찍한 상상을 해도 좋지만 정해 둔 시간이 지나면 빠져나오기. 내가 아니면 일상을 관리할 대리인이 없다는 공포가 강한 사람은 부정적인 감정을 효율적으로 처리할 수 있는 전략을 고안하게 된다.

호텔 방에서 딱 한 시간만 사라지기로 하고 일단 데미안 라이스의 노래를 틀었다. 꼬질꼬질한 맨투맨과 무릎이 다 튀어나온 추리닝 바지를 입고 방 안을 쏘다녔다.

쏘다닌다고 했지만 침대 하나와 책상, 캡슐 모양으로 딸린 화장실 외엔 여유 공간이 없는 방이어서 침대 근처를 서성인 것이었다. 오로지 음악과 나만 있다는 생각으로 침대 옆에서 숫자 8을 그리며 오갔다. 데미안 라이스의 쓸쓸한 음악은 절정으로 치달았다. 흐느적대는 몸을 질질 끌면서 이곳은 사무실 근처 호텔 방이 아니라고 되뇌었다.

딱 한 시간만 슬퍼하자고 마음먹었는데 어느덧 시간은 새벽 다섯 시, 잠을 청하기엔 늦은 시간이었다. 흐느끼는 것 같기도 하고 절규인 것 같기도 한 데미안 라이스의 음악을 들으며 주말을 맞이했다. 데미안 라이스의 앨범을 몇 번 들었는지 헤아리다가 잠이 들어 버렸고, 알람 소리에 놀라 허겁지겁 배낭을 챙겨 로비로 나갔다.

"잘 잤어?"

머리가 까치집이 된 통증이 기다리고 있었다. 곧이어 피로와 무게도 두 눈을 비비며 방에서 나왔다. 나란히 체크아웃을 하고 다 함께 차를 타고 서울로 향했다. 운전을 하는 통증 옆에 앉아 시시콜콜한 이야기들을 나누었다. 그러다 통증이 선물한 수프를 아직 먹지 않았다는 사실을 깨달았다. 아직 수프를 먹지 못했는데. 냉장고 안에 두고 나왔는데. 고속도로를 탔는데 유턴을 해 달라고 할 수도 없었다. 주인 잃은 수프가 버려질 거라고 생각하니 아까웠다. 기억도 못 할 테지만 통증에게도 미안했다. 옆자리에서 통증이 주말 계획을 물어보았다. 아이와 놀러 가기로 했다는 피로, 데이트가 있다는 통증, 운동을 할 거라는 무게. 저마다 계획이 있는 가운데 나는 차마 아무것도 하지 않는 게 계획이라는 말을 할 수가 없어서 그 순간 떠오른 아무 말이나 내뱉었다.

"맛있는 수프를 먹으려고요."

어쩌면 매일 요리를 하고 치우고,

다시 요리를 하고 치우는

일상의 반복적인 과제가 있었기 때문에

살아남은 건지도.

내가 선택한 식탁

저녁 식사를 겸한 회의를 준비하기 위해 연남동에서 베트남식 샌드위치인 반미를 포장한 날의 일이다. 회의 인원은 총 다섯 명, 다섯 중 한 명이 비건, 한 명은 상황에 따라 채식을 포기하기도 하는 비건 지망생이었다. 비건 지망생인 나는 비건 동료에게 전화를 걸어 고기나 햄만 빼면 되는지 물어보았다. 동료는 마요네즈 소스도 빼 달라고 부탁했다. 내친김에 단체 채팅방에 물어보았다.

반미 포장하려고 하는데 못 드시는 재료가 있으면 말해 주세요.

… 그리고 아무 말이 없었다.

메시지 옆에 붙은 숫자가 다 사라질 때까지 고요하기만 한 채팅방에서 망설임을 읽어 냈다. 저는 햄, 피망을 뺄 거예요. 내가 먼저 손을 들고 취향을 고백했다. 그 뒤로 양파, 할라피뇨, 올리브까지 너도나도 빼고 싶은 것들의 목록을 더했다. 무엇을 빼더라도 이상하지 않은 분위기에서 고기와 동물성 식품을 빼는 일은 유별나 보이지 않았다.

일이 년 새에 주변에 채식을 하는 사람들이 많아졌다. 여섯 명이 회의를 하는데 한 명은 비건, 한 명은 흐물흐물한 태도로 경계를 오가는 비건 지망생이었던 그날처럼 사람이 여섯 이상 모이면 꼭 한두 명은 채식을 하기 때문에 식사 약속을 정하기 전에 물어본다. 고기 드세요? 채식을 하느냐가 아닌 고기를 먹느냐는 질문이 자연스러운 친구, 동료와 함께하는 시간이 길어지면서 나도 채식을 지향하는 생활을 시작했다.

비건이 아닌 비건 지망생, 채식주의자가 아닌 채식 지향이라는 말로 내 생활을 설명하는 이유는 바깥에서는 여전히 남이 먹자고 하는 걸 군말 없이 먹는 털털한 캐릭터를 맡고 있기 때문이다. 덕분에 아주 가끔은 고깃집도 가고 햄버거도 먹는다. 차이를 설명해야 하는 상황에서는 염소 목소리가 되어 "공장식 축산업이 환경에 끼치는 영향을 다룬 책을 읽고 나서부터 고기를 먹기가 영 거북한데, 그게 그러니까 고기를 먹는 네가 비호감이라는 건 절대 아니고…"라며 웅얼웅얼 눈치를 보다가 충돌할 것 같으면 웃으면서 아무거나 괜찮다고 급하게 핸들을 돌린다. 갈등은 일단 피하고 보는 성향 때문에 집 안에서만 신념을 지키는 실내형 비건이 되어 버리고 말았다. 이대로 괜찮은 걸까 고민될 때는 내가 열 살이던 해의 여름철 식탁 풍경을 떠올린다.

열 살 때까지 우리 집에서는 여름이면 개고기를 먹었다. 할머니는 복날에는 개고기를 먹어야 한다고 믿었다. 어른들이 주는 고기를 천진하게 받아먹던 나는 아빠가 할머니를 위해 고기를 떼 오는 날을 기다렸다. 음식을 가리던 동생과 달리 할머니가 주는 고기를 곧잘 받아먹으며 복날에 할머니와 작은 소반을 사이에 두고 마주 앉아 사랑을 독차지하는 호사를 누렸다.

열 살이 되던 여름에도 어김없이 개고기가 식탁에 올라왔고, 할머니는 고기를 잘게 뜯어 내 입 안으로 쏙 넣어 주었다. 순간 비릿한 잡내가 느껴졌다. 역한 기운에 그 자리에서 음식을 뱉을 뻔했다. 이유는 알 수 없지만 몸이 고기를 밀어냈다. 집안 어른들이 복날에 먹어야만 한다고 믿는 고기가 내 몸에는 맞지 않았다. 때마침 부모님이 고기를 사 오던 동네의 개농장이 없어지면서 식탁 위에서 개고기는 사라졌다.

사람은 결코 변하지 않는다고 말한다. 그러나 적어도 입맛에 한해서는 사람은 유동적이다. 작은 계기로도 취향이 바뀌고, 사람이 변한다. 여름철 개고기가 사라진 식탁엔 오랫동안 사골을 고아서 끓여 낸 곰탕이 그 자리를 대신했다. 그러다 곰탕의 기름기가 느끼하다는 주장을 펼치는 사람이 나타나자 곰탕도 사라졌다. 복날에 개와 소를 올려놓은 식탁 위 풍경이 바뀌기까지 20여 년의 세월이 필요했다. 길고 질기다. 4인 가족 식탁에서 겨우 두 가지 메뉴가 사라지는 데 강산이 두 번 바뀌다니.

그래도 변했다. 개를 먹던 할머니도 돌아가시기 전엔 사골곰국을 찾았고, 사골곰국을 먹고 자라난 나는 채식을 지향한다. 개고기를 사 오던 아빠와 곰탕을 끓이던 엄마가 복날에 얼음 동동 띄운 콩국수를 말아 오이를 얹어 먹었다는 소식을 들으면서 앞으로의 20년에 성급하지만 희망을 걸어 본다.

개고기를 소비하지 않게 된 사건이 뚜렷한 데에 반해 소고기, 돼지고기, 닭고기는 천천히 멀어졌다. 한승태 ≪고기로 태어나서≫, 김한민 ≪아무튼, 비건≫과 같이 비건이 단순한 기호나 취향이 아닌 신념이라는 사실을 깨닫게 한 결정적인 책들이 있었지만 고기 없는 식단으로 단호하게 돌아서지는 못했다. 긴 시간에 걸쳐 채소 위주로 식사를 하다 보니 고기가 없어도 되는 몸으로 변화했다는 표현이 더 적절하다.

1인 가구가 되자 장바구니에서 고기만 퇴출시켜도

한 달 생활비의 자릿수가 달라진다는 걸 알게 되었다. 망설이지 않고 가장 비싼 소고기부터 뺐다. 빈자리가 크게 느껴지지 않아 다음 주에도, 그다음 주, 다음 달에도 담지 않았다. 돼지고기는 기름기가 많아 조리하기 부담스러워서 빼고, 닭고기는 식당에서 워낙 많이 먹으니 집에서까지 먹고 싶지 않아서 손이 가지 않았다. 고기를 뺀 자리에 제철 채소를 채워 넣었다. 장바구니와 몸이 한결 가벼워지는 걸 느꼈다. 먹고 싶은 고기 정도는 사 먹을 수 있게 된 후에도 고기가 생각나지 않는다는 걸 알았다. (먹고 싶은 걸 먹지 못하는 상황은 역시 겪지 않고 사는 게 좋겠지만…) 덕분에 꼭 필요한 음식과 아닌 음식의 기준이 바뀌었다. 장바구니에 고기를 담지 않았기 때문에 '먹고 싶은 줄 알았는데 아니었던 음식'의 목록이 생겨났다.

지금도 계란과 유제품, 아주 가끔 다짐육도 장바구니에 담는 불완전한 비건이지만 완벽해지기 위해 초조해하는 대신 채소로 '내가 아는 그 맛'을 구현하는 비건 레시피에 재미를 붙이는 중이다. 한때 무턱대고 비건 인증 마크가 붙은 가공식품을 주문했다가 강한 조미료 맛 때문에 깜짝 놀라기도 했다. 비건 라벨이 붙었다고 해서 꼭 건강한 음식은 아닐 수도 있다는 사실을 몰라서 벌어진 일이었다. 조미료 덩어리 같던 만두 한 봉지를 쩔쩔매면서 겨우 먹어 치운 뒤로는 가공식품은 친구들이 추천한 제품이 아니면 구매하지 않는다. 채식을 실천하는 이들이 정리해 둔 레시피를 뒤져 최대한 제철 채소를 활용해 요리를 해 먹으려고 한다. 조리법이 복잡하거나 쉽게 구할 수 없는 재료가 필요하면 바로 탈락. 과정이 즐거워야 먹을 때도 맛있다. 그러다 보니 색다른 비건 요리를 시도하겠다고 야심에 차는 시기도 잠깐이고 결국 수프로 돌아온다.

수프를 끓이면서 채소 맛을 다채로운 언어로 표현하기 시작했다. 맛이 있다, 없다로 단순하던 구분법도 여러 갈래로 나뉘기 시작했다. 당근은 아삭할 때는 달콤하고 무르면 담백하다. 양배추는 쌉쌀하면서 싱그럽지만 우려내면 구수하다. 아주 가끔 양상추를 씻어 샐러드로 먹은 뒤 오랜만에 맛보는 싱그러움에 짧게 감탄하고는 불고기와 제육볶음을 허겁지겁 집어 먹던 때에 비하면 채소 요리에 대한 빈약한 상상력에 입체감도 생겨났다.

채수만 사용해 수프를 끓일 때는 토마토를 자주 찾는다. 토마토의 시큼한 맛 덕분에 채수를 따로 준비하지 않아도 입맛을 다시게 되는 감칠맛이 난다. 여기에 감자와 당근, 브로콜리와 양배추까지 어떤 채소를 썰어 넣느냐에 따라 다른 맛이 난다는 재미도 있다. 가끔씩 냉동완두콩이나 줄기콩을 털어 넣어 수프에 푸릇푸릇한 생명력을 불어넣는다. 작은 채소 하나를 바꿔 가며 매일 새로운 맛으로 향하는 문을 두드린다.

다채로운 채소 맛을 느끼며 재미를 붙이다 보면 어느 순간 닭다리를 뜯자마자 비린내가 나고 느끼해서 도저히 먹을 수가 없다는 친구도 있지만, 나는 아직은 고기는 고기 나름대로 맛이 있다. 고기는 나에게 재미없지만 한동안 보지 않으면 허전한 친구 같다. 다만 거리를 유지한 채 데면데면하게 지내다가 가끔씩 만나야 감동적인 친구다. 전제 조건은 한 번에 한 명씩 만나야 한다는 것. 아무리 오랜만이라 해도 LA갈비와 프라이드치킨을 같은 식탁에서 맛있게 먹어 치우진 못하겠다.

"고기보다 채소"를 꾸준히 피력해 왔지만 부모님과 동생이 함께하는 식사 자리에는 열 살 무렵 우리 집 식탁처럼 고깃덩어리가 푸짐하게 올라온다. 집에 왔을 때라도 영양가 있게 먹어야 한다는 말을 하며 소고기를 부지런히 굽는 엄마 앞에서는 아무래도 마음이 물렁물렁 약해

져서 무리하고 만다. 끝내 사양하지 못하고 소고기와 닭고기를 한꺼번에 먹고서 다음 날까지 더부룩한 배를 통통 두드리며 후회한다. 반찬 투정은 나쁜 거라고 배운 K-가정의 유교걸로 자라난 탓에 다소 쓸데없는 데에 무리하는 경향이 있다. 신념도 이겨 먹는 가정 교육의 힘이란. 배낭 속에 넣어 온 카베진을 비상탈출 버튼처럼 만지작대며 고기로 가득한 식탁을 받아들인다.

  서울의 내 작은 식탁을 떠나 부모님 댁의 넓은 식탁에 앉아 문득 외로워질 때면 나는 지금 내 작은 냉장고에 들어 있는 재료로 끓일 수 있는 가장 맛있는 수프 한 그릇을 떠올린다. 적당한 수프가 떠오르지 않을 때면 남아 있는 재료로 해 먹을 수 있을 만한 요리를 물어볼 수 있는 친구와 동료의 얼굴을 헤아린다. 주말에 수확한 베이비 당근과 상추를 한가득 선물해 준 손, 비트와 단호박을 구워 간식으로 내준 손도 잡아 본다. 유리가 깔린 차가운 식탁에 그 손들을 잡았던 순간순간 느낀 온기를 더하다 보면 외로움이 옅어진다. 한때는 나를 먹이고 키웠지만 지금은 떠나온 식탁 앞에서 문득 외로움에 뼈가 시릴 때, 필요한 맛만 넣어 끓여 낸 수프 한 그릇이 놓인 어엿한 내 식탁이 있다는 사실을 잊지 않으려 담담하게 읊조린다.

나는 돌아갈 식탁이 있는 사람이다. 내가 끓이고 싶은 수프에 들어가야 할 재료를 아는 사람이다. 내가 선택한 식탁 위에 내 손으로 끓인 수프를 올릴 수 있는 사람이다.

오늘도 낯선 세계를 여행한다

여행에 대해 말하자면 공항 가는 길이 생각난다. 공항에 도착해서 수속을 밟을 때까지가 여행의 하이라이트다. 낯선 목적지로 향한다는 흥분과 설렘을 느끼려고 참 부지런히 공항을 오갔다. 이곳이 아닌 다른 곳으로 도피하기 직전엔 자신만만하다. 비행기에서 내리자마자 자신감은 도망가고 사람 많은 시장에서 엄마 손을 놓치지 않으려는 어린아이처럼 불안한 얼굴로 영어 간판을 두리번거리며 찾는 겁쟁이가 되어 버리지만.

한마디로 여행 체질이 아닌 것이다. 집으로 돌아오는 그 순간까지 긴장을 놓지 못하는 주제에 겁도 없이 매년 어디론가 떠났다. 직장과 일, 동료, 가족과 같은 관계망까지, 돌이켜 보면 스스로 선택한 적 없지만 마땅히 책임져야 한다고 믿어 온 일상적인 의무에서 잠시라도 벗어나고 싶었던 것 같다. 우연한 계기로 직업이 바뀌고, 덕분에 매일 반복해서 돌보아야 하는 일과 사람의 범위에도 변화가 생긴 뒤부터는 여행을 가야겠다는 결의를 품은 적 없는 걸 보니 말이다.

같이 여행을 가자는 사람이 생겨도 바쁜 척하거나 마음의 여유가 없다는 말로 에둘러 거절했다. 일상을 내 마음에 드는 모양으로 주무를 수 있는 자율성이 생기자 익숙한 경로를 벗어나는 일은 피곤한 숙제처럼 느껴졌다. 안전한 루틴을 선호하는 사람에게 여행은 온갖 변수와 위험이 난무하는 고생길인 것이다.

한번은 모임에서 이런 독특한(?) 여행 철학을 얘기했다가 재미없게 나이만 먹어 버린 사람이 되었다. "어우, 그게 무슨 소리야. 재미없어." "나이가 들어서 그래, 나이가 들어서." 내가 원래 노잼이다, 말하면서 친구의 즐거운 여행을 응원했다. 정말이지 여행이란 경험이 탐나지 않는 사람이 되어 버린 것이다.

재미없는 사람이 되어 버렸다고 인정하고 나니까 마음도 편안해졌다. 재미있는 일을 찾아다니는 쾌활한 사람인 척할 필요가 없으니 시간도 벌었다. 읽을거리와 볼거리를 잔뜩 쌓아 둔 방 안을 매일 여행한다. 어쩌다 SNS에서 '3년 전 오늘'이라며 보여 주는 사진 속에서 나는 지금은 입지 않는 옷을 입고 낯선 곳에서 미소 짓고 있다. 어색하다. 불과 3년 전이지만 외국을 여행하던 시절의 기억이라면 가위로 깔끔하게 도려낸 듯하다.

"여행을 다시 갈 수나 있을까?"
나만큼은 아니어도 여행에 대해 미지근한 편인 L을

만났다. L은 "코로나 시대가 끝나더라도 다시는 예전처럼 자유롭게 여행하는 분위기로 돌아갈 수는 없을 것"이라는 급진적인 주장을 펼쳤다. 아시아인으로서 혐오에 따른 테러의 가능성을 고려하지 않을 수가 없다는 말이었다.

미국과 유럽 곳곳에서 벌어진 아시아인 대상 혐오 범죄 뉴스를 보면 타당한 걱정처럼 들렸다. 그간 여행을 할 때 거리에서 받은 호의와 친절이 떠올랐다. 지도를 펴고 좌우를 두리번대면서 관광객인 척 티를 내면 누구라도 다가와서 길을 안내해 주곤 했다. 목적지를 앞에 두고 빙글빙글 돌다가 사람이 다가오면 이제 살았다는 생각에 반가웠다. 이제는 세계 어느 곳을 가더라도 인종이 다른 낯선 사람이 다가올 때면 잔뜩 경계를 하고 움츠러들 것이다. 안타까운 일이다. 불신이 가득한데 여행이 자유롭고 즐거운 경험이 될 리가 없다. 공항에 내리면서부터 주변을 살피며 수상쩍은 사람이 다가오는 건 아닌가 걱정하는 내 모습을 생각하기만 해도 서글프다.

"그렇네. 언니, 나 아무래도 이제 해외여행은 못 갈 것 같아." 내가 말했다. L의 말에 동의하며 해외여행 포기 선언을 해 버렸다. 20대 때 회사 휴가를 맞춰 타이베이로 함께 여행을 다녀온 L과 나는 그렇게 여행을 버렸다.

"대만 음식 맛있었는데." "맞아. 딘타이펑 본점은 꼭 다시 가고 싶다. 버블티도 먹고 싶어." "대만은 같은 아시아니까 곧 갈 수 있지 않을까?" "… 그럴지도?" 다시는 여권을 꺼내지 않을 사람들처럼 말할 때는 언제고 금세 여행의 추억을 나누며 다음번 여행으로 통하는 문을 슬며시 열어 두었지만.

여행은 버렸지만 여행지에서 했던 경험은 고스란히 남았다. 가장 오랫동안 지속되는 기억은 '맛'이다. 어떤 맛은 심지어 향수까지 느껴진다. 고향도 아니면서 언젠가 다시 돌아가야 할 것만 같은 맛이 있다. 고작 나흘간 타이베이에 머물며 먹은 음식이 그리워서 두 명의 여행 회의주의자가 갑자기 입장을 바꿀 정도로 말이다. L과 이야기를 나눈 뒤로 타이베이의 음식이 그리워진 바람에 한동안 우육면과 딤섬, 버블티, 망고빙수를 찾아 먹으며 살이 올랐다. 행복했으니 후회는 없다.

다시는 여행하지 못할 것 같다는 말을 실컷 내뱉고 나니 그리운 맛이 늘어났다. 세계 문화가 얼마나 빠르게 하나로 통합되어 가는지, 다행히 대부분의 맛은 서울에서 구할 수 있었다. 런던에 갔을 때 트럭에서 사 먹었던 치킨볶음밥이 먹고 싶은데? 할랄가이즈나 판다익스프레스에 가면 된다. 홍콩에 갔을 때 아침마다 먹었던 진한 밀크티가 먹고 싶으면? 홍콩 밀크티를 검색해 가까운 연남동으로 나갔다. 원한다면 언제든 여행지의 추억으로 차려진 식탁을 먹어 치울 수 있게 된 것이다. 매일 외식을 해 버리는 바람에 비상금으로 저축해 둔 돈을 야금야금 까먹었지만. 먹보가 되는 바람에 비상금을 빼내는 상황이 벌어질 줄은 몰랐다. 비상 상황에 대한 해석은 사람마다, 상황에 따라 얼마든지 달라질 수 있으니까. 역시 행복했으니 후회는 없다.

세계도시 서울에서도 구하지 못한 맛은 만들어 냈다. 2011년에 독일 하노버에서 봄부터 여름까지 두 계절을 지냈다. 겨우 두 계절을 보냈지만 그때 느꼈던 맛이 10년이 지난 지금까지도 혀끝에 남아 있다. 그 시절 먹었던 수프가 생각나 급하게 재료를 샀다. 아파트에서 주방을 함께 썼던 우크라이나 친구 S의 모습을 그대로 재현했다. 수프가 분말을 털어 넣고 끓이는 간편 식품이 아닌 요리라는 걸 S 덕에 처음 알았다. 건더기가 가득한 수프를 독일에서 처음 먹어 본 것이다.

보통은 중간 크기 냄비를 사용하지만 그때 그 수프

는 다르다. 집에 있는 냄비 중에서도 가장 큰 냄비를 꺼내야 한다. 큰 냄비에 고르지 않게 썰린 못난 양파와 당근, 감자와 양배추, 마늘과 통후추를 되는대로 넣고 푹 끓인다. 여기에 돼지고기와 비트를 추가하면 동유럽 지역에서 많이 먹는 수프 보르쉬가 된다.

얼마 지나자 좋은 냄새가 났다. 그릇에 담아내고 맛을 보는데, 어쩐지 아쉬웠다. 맛이 없는 건 아닌데 예상했던 맛이 아니어서 당황스러웠다. 아, 이게 아닌데? 고개를 갸웃거리면서 식사를 마쳤다. 어쨌거나 먹을 만하면 된 거지.

남은 수프를 커다란 국 통으로 옮겨 담으면서 그제야 월계수 잎을 빠트렸다는 걸 깨달았다. S가 주방에서 곰탕을 우릴 때 쓸 법한 커다란 통 안에 웬 식물의 이파리 같은 것들을 함께 넣던 광경이 떠올랐다. 참 이상한 요리도 다 있다고 생각했었다. 그러다 독일인 친구 집에 저녁 식사 초대를 받아 놀러 갔는데, 화분에서 갓 딴 이파리를 요리에 넣는 게 아닌가. 뭐가 뭔지는 모르겠지만 대충 한국인이 베란다에서 상추를 떼다가 씻어 먹는 것과 비슷한 문화가 있나 보다 여겼다. 한참 뒤에야 그 수상쩍은 약초 같은 이파리의 정체가 바로 향신료 역할을 하는 요리 재료란 걸 알았다.

서양 요리를 만들다 보면 바질, 로즈마리, 애플민트, 레몬밤 같은 허브의 이름을 자주 듣게 된다. 하지만 권장 사항이지 필수는 아니다. 한국에 사는 요리 분야 인플루언서들은 "베란다에 나가서 바질 두 장을 따 오세요" 같은 말은 하지 않는다. 없어도 요리하는 데에 지장은 없다. 하지만 독특한 향을 내는 허브 한 줌이 필요한 순간이 있다. 독일의 어느 학생용 아파트에서 먹었던 수프 맛이 그리운 순간이 오자 그만 내 마음속 비상벨이 눌려 이성을 잃은 채 장바구니에 손질된 허브를 담기 시작했다. 느닷없이 알 수 없는 향수병이 발동하자 또다시 식비 지출이 늘어나 버렸다.

화분을 사서 키우자니 자신이 없어서 작게 포장된 허브를 샀다. 새로운 맛을 한번 본 이상 봇물 터지듯 욕구가 샘솟아 평소 잘 쓰지 않았던 식재료를 사들이는 데 재미를 붙였다. 낯선 재료로 부엌이 채워졌다. 월계수 잎, 시나몬 스틱, 통후추, 로즈마리, 바질, 콜리플라워, 병아리콩. 이것들을 어떻게든 써먹어야 했다. 매 끼니를 집에서 해 먹었다.

점심 저녁으로 부지런히 손을 움직여 식탁을 차려 내고, 치우고, 또 요리를 하는 행위를 반복했다. 몇 달, 길 어도 1년이면 끝날 줄 알았던 바이러스는 끝을 모르고 모 양을 바꿔 가며 변이했다. 모임과 행사가 없어졌다. 좋아 하던 공간의 폐업 소식이 들려왔다. 약속은 취소됐다. 만 나자는 말을 하기가 조심스러웠다. 어느 날 문득 사람과 얼굴을 마주하고 대화를 나눈 게 언제인지 기억이 나지 않는다는 걸 깨달았다. 입을 열 일이라곤 점심 저녁으로 내가 차린 음식을 먹을 때뿐이었다. 먹고 치우는 일 외엔 할 일도 없었다. 먹고 치울 기운이라도 남아 있어서 다행 이었다. 어쩌면 매일 요리를 하고 치우고, 다시 요리를 하 고 치우는 일상의 반복적인 과제가 있었기 때문에 살아 남은 건지도. "코로나 잠잠해지면 꼭 보자"는 말로 예정된 모임이 또 하나 취소된 날, 코로나19 바이러스 감염증 확 산 이후 일명 '코로나 블루'라 불리는 우울감을 호소하는 사람들이 많아지면서 특히 20대 여성의 자살률이 증가했 다는 기사를 읽었다.

괜찮을까? 기사를 읽자마자 생각난 친구에게 메시 지를 보냈다. 영상 통화로 얼굴을 확인하고, 건강을 당부 하며 대화를 마무리했다. 다음에 보자는 말을 이렇게까지 진심을 담아, 애틋한 마음으로 주고받았던 시절이 있었나. 잘 지내다가 보자는 말을 몇 번이나 반복한 뒤에야 영상 통화를 종료했다.

그날 밤 세계 각지에 사는 사람들이 창밖을 촬영한 영상을 업로드하는 사이트에 접속했다. ASMR을 들으며 잠을 청하는 사람처럼, 이름도 생소한 국가와 도시의 창밖 풍경을 바라보며 시간을 죽였다. 리투아니아의 흰색 창문 틈으로 보이는 풍경을, 일본과 프랑스, 헝가리에 산다는 사람들이 창문 사이로 촬영한 풍경을 구경하며 지구본을 뱅글뱅글 돌리던 어린 시절로 돌아간 듯 좌우로 화면을 쓸어 넘겼다.

여행 따위 가지 않아도 그만이라고 생각했는데. 전 세계의 창밖 풍경을 훔쳐보느라 시간 가는 줄 모르는 걸 보니 어쩌면 나, 생각보다는 여행을 좋아하는 사람일지도? 고립된 방 안에 오래 있다 보면 이렇게 가치관도 오락가락 흔들린다. 지금은 갈 수 없는 나라, 타인의 방에서 보이는 풍경을 힐끔힐끔 훔쳐보는 사이에 눈이 녹고 벚꽃이 떨어졌다. 헝가리에 사는 이름 모를 이의 창밖을 바라보다가 문득 떠나고 싶다는 생각을 했다.

부다페스트에 가서 굴라시 먹어 보기. 다시 떠나고 싶다는 생각이 들자 하고 싶은 것도 생겼다. 덜컥 생겨난 욕심을 끌어안고 기다린다. 잔뜩 긴장하며 낯선 세계의 한가운데에 발 들이는 그날을.

오늘 기분은 미네스트로네

온종일 아무것도 한 게 없다는 자괴감이 몰려올 때면 냉장고부터 열어 본다. 손질한 감자와 양파 조각이 보인다. 치킨스톡도 있고 먹다 남은 셀러리와 방울토마토도 있으니 운이 좋다. 붉은색의 건더기 많은 수프, 미네스트로네를 끓여 먹을 수 있으니.

월수입이 삼십만 원이었던 달에도 퇴사를 후회한 적은 없을 정도로 직업 만족도가 높은 편이지만 아무리 잘 맞는 직업이어도 단점은 있다. 매일 성실하게 노동을 하더라도 지금 당장 눈에 보이는 결과가 없다는 것. 책 한 권이 나오기까지 길면 몇 년, 짧아도 6개월 이상 걸린다. 우여곡절 끝에 마침표를 찍더라도 다시 쓰고 싶어질 수도 있다. 시간이 흐를수록 내 생각도 변하는 데다가 안목이 올라가기 때문이다. 안목은 도도하게 끝을 모르고 올라가지만 실력은 절대 안목에 비례하지 않는다. 그렇다고 안목을 기르지 않고 내 글을 마냥 예뻐하는 나르시시스트가 되면 독자가 떠날 것이다. 눈높이는 올라가는데 실력은 제자리걸음인 상태로 며칠, 몇 개월, 혹은 평생일지도 모르는 자괴감을 끌어안을 수밖에.

마음대로 풀리지 않는 날이 길어지면 몸이 빨간 음식을 원한다. 마라샹궈나 떡볶이같이 자극적인 빨간 맛이 필요할 때 미네스트로네를 끓인다. 색상엔 기분을 전환하는 힘이 있다. 스스로에게 화가 나는 날이면 무조건 빨강부터 찾게 된다. 한때 마라샹궈에 푹 빠져서 일주일에 한 번씩 먹었다. 앉은 자리에서 2인분을 해치우고 화장실을 들락날락했다. 화장실을 나오며 다시는 먹지 않겠다고 다짐했지만, 결심은 강불에 볶은 안남미처럼 휙 날아가 버렸다. 조그마한 압력에도 나는 금세 화가 나서 새빨간 음식을 찾아 대며 내 몸에 화풀이를 했다. 스트레스가 쌓인 날엔 나쁜 짓으로 세상에 대항하고 싶어진다. 내 몸에 화풀이를 하는 방식으로는 화도 오래 낼 수가 없다는 걸 여러 번의 배탈을 겪고서야 깨달았다.

　　인생의 목표가 장수는 아니지만 무모한 식습관으로 요절하고 싶지는 않다. 아직 쓰지 못한 글도 많은데 빨간 음식을 먹고 배를 움켜쥐고 앓느라 시간을 다 써 버리면 억울할 것이다. 스트레스나 불만이 쌓이면 빨강부터 찾는 습관을 개선하기로 했다. 먼저 소울푸드라고 생각했던 마라샹궈의 매력이 무엇인지 돌아보았다. 입에 착착 감기는 매운맛과 중독적인 마라 향, 중국식 당면과 포두부의 식감, 배추와 버섯, 청경채와 아삭한 숙주까지 좋아하는 채소를 원 없이 한 번에 섭취할 수 있다는 영양학적인 이점까지. 매력 포인트를 열거할수록 마라샹궈는 대체 불가능한 완전식품의 반열에 올라갔다. 착한 남자가 매력 없다는 친구를 한심하다는 눈빛으로 쳐다보며 혀를 차다가 언쟁을 한 적이 있는데, 지금이라면 온전히 친구의 편이 될 수 있을 것 같다.

방법을 수정하기로 했다. 특정한 음식에 집착하는 건 결국 몸이 아닌 마음의 문제이니까. 마라샹궈를 먹었던 날의 공통점을 생각해 보기로 했다. 기운이 없고 피곤한 날, 화가 나는 일이 있을 때. 달갑지 않은 기분을 맞닥뜨리면 탈출 버튼을 누르듯 강렬한 색과 맛에 빠져들었다. 음식을 먹으면 스트레스가 풀린다는 건 사실이 아닌 내 안의 근거 없는 믿음이었다. 패턴을 바꿀 필요가 있었다. 보기만 해도 기분이 전환되는 강렬한 색감은 그대로, 하지만 내 몸에 친절한 맛을 내는 음식을 찾았다. 그러다 토마토 소스로 색을 낸 미네스트로네에 정착했다. 감자와 버섯, 양파와 당근과 셀러리, 브로콜리, 완두콩까지. 요리를 하고 남은 모든 채소를 활용할 수 있는 포용력 좋은 수프여서 편하다. 갖은 채소에 토마토 소스를 듬뿍 넣어 끓이다가 그대로 먹어도 되고, 든든하게 먹고 싶은 날엔 파스타나 불린 쌀을 추가한다.

내 몸에 나쁜 빨강 대신 친절한 빨강을 먹여 기분을 달래는 일이 처음부터 쉽지는 않았다. 양념과 향이 강한 음식에 비해 자극이 덜해 갖은 재료를 넣고 끓인 수프한 냄비를 비워도 어쩐지 허기가 져서 아이스크림 같은 후식을 챙겨 먹곤 했다. 마라 맛이 그리울 때마다 속이 뒤집어져서 고생했던 밤을 생각하며 충동을 억제했다. 그래도 기분이 풀리지 않는 날엔 단맛이 나는 옥수수 수프를 끓였다.

노란 개나리색이 도는 옥수수 수프를 먹으면 미소를 짓게 된다. 버터 쿠키처럼 부드럽고 바닐라 아이스크림처럼 달콤한 옥수수 수프는 입맛이 없을 때도 좋은 메뉴다. 옥수수 수프를 먹을 때는 당근 라페를 곁들이기도 한다. 당근을 얇게 채 썬 뒤에 소금과 올리브오일, 레몬즙과 머스터드, 설탕을 섞은 소스에 절여 냉장고에 보관해 두면 새콤한 당근 라페가 완성된다. 옥수수 수프는 재료 다듬기가 수월하다. 옥수수를 쪄서 알만 떼어 내거나, 귀찮을 때는 옥수수 통조림을 사서 국물만 버리고 그대로 양파와 함께 버터를 두른 팬 위에 볶는다. 양파가 충분히 익었을 때쯤 우유를 섞어 믹서로 갈면 걸쭉한 농도의 수프한 그릇이 나온다. 노란 색상처럼 기분 좋은 단맛이 나는,

눈과 입을 동시에 만족시키는 수프다.

해마다 팬톤에서는 올해의 컬러를 발표한다. 2021년 팬톤 컬러라는 '일루미네이팅'과 '얼티밋 그레이'의 색상을 확인했을 때 환호했다. 어렵고 복잡한 이름이지만 문외한인 내 눈엔 '밝은 노랑'과 '회색'이다. 그중 밝은 노랑이 평소 좋아하던 색상이라 들떴다. 연말이면 신년운세를 보며 다가올 한 해의 길흉화복을 점치는 사람처럼 나는 팬톤이 발표하는 색상을 기다린다. 내 취향에 꼭 맞는 색상이 나오기라도 하면 대운이 들어온다는 운세를 읽은 사람처럼 설렌다. 올해엔 작년보다 나아질 거라는 확대 해석을 해 버린다. 기운이 나지 않는 날마다 끓이던 노란색의 옥수수 수프는 앞으로 더 자주 끓일 것만 같다.

미네스트로네와 옥수수 수프를 번갈아 먹여 가며 마라샹궈 식당으로 향하는 발걸음은 막을 수 있었지만 떡볶이를 포장하는 것만큼은 막을 수가 없었다. 정신이 번쩍 들 정도의 빨간 맛이 당기는 날엔 어쩔 도리가 없다. 매콤한 음식은 집에서 만들면 바깥에서 먹을 때만큼의 감칠맛이 느껴지지 않는다. 언제나 내 생각보다 더 많이 양념을 들이부어야 바깥 음식의 맛이 나는데, 마음 약한 나는 간장이나 설탕을 아끼는 편이어서 이도 저도 아닌 맛이 되어 버린다. 그런 날엔 급하게 달려 나가 집 근처 프랜차이즈 분식집으로 간다. 떡볶이만 주문하려다가 떡볶이 옆에 있는 어묵과 튀김에 눈길이 가고, 그러다 보면 순대까지 추가해서 양손에 두둑한 봉지 두 개를 들고 돌아간다. 집에 와서 혼자 허겁지겁 먹다 보면 배가 불러 밤잠을 설친다. 그래도 맛있었으니 후회는 없다만 양념이 센 음식은 역시 몸에 맞지 않는다.

간밤에 떡볶이를 너무 많이 먹어 속이 더부룩한 날이면 다음 날 점심으로 당근 수프를 끓인다. 속이 부대끼지 않으면서 맛이 부드러워 빨간 맛에 호되게 당한 다음 날이면 찾게 되는 수프다. 감자나 단호박을 넣어 끓인 수프에 비해 포만감이 덜한 편이라 부담이 적다는 장점도 있다. 간을 하지 않고 올리브오일과 당근만으로 맛을 낸 당근 수프는 건강하게 달콤한 맛이 나서 과식한 다음 날에 먹으면 속이 풀리는 기분이다. 당근에서 나는 특유의 건강한 맛 덕분에 몸에 나쁜 짓을 해 버린 뒤에 먹으면 꼭 면죄부를 받은 것처럼 안심이 된다. 물론 그 건강한 맛 때문에 입에 대기도 싫다는 사람도 많지만. 몸에 좋은 것들은 맛이 없다는 말에 백 퍼센트 동의하지만 생각의 방향을 바꾸면서 살아간다. 건강에 좋은 것치고는 맛있는데?

하고.

햇볕에 바짝 말려 중량이 가벼워진 것 같은 일루미네이팅 컬러를 확인하고 짐칸에 넣어 두었던 노란색 베개 커버를 꺼냈다. 베개 커버를 건조대에 널어 두고 수건을 세탁기에 넣고 돌렸다. 수건은 마침 얼티밋 그레이 색상과 비슷하다. 2021년의 행운이란 행운은 뭉텅이로 휘감아 수납해 버리겠다는 각오로 바짝 마른 수건을 바르게 접어 정갈하게 집어넣었다. 오후에는 집 근처 꽃집에서 프리지아 한 단을 사서 방 안에 꽂아 두었다. 점심에 당근 수프를 끓였더니 양파와 당근이 다 떨어졌다. 장바구니에 양파와 당근을 넣으면서 감자와 브로콜리, 우유도 추가했다. 토마토에 손이 갔지만 조금만 더 두고 보기로 했다. 새해가 일주일도 채 지나지 않았는데, 벌써부터 빨강이 필요한 날을 예정하고 싶지는 않다.

부엌에서 수프를 끓이며
인생은 고통이라던 엄마의 지론을
반복해서 떠올린다.
엄마 손은 약손이라는 말보다는
그쪽이 더 구체적이어서 믿음직하다.

달아도 너무 달다

저녁 식사에 초대를 받았다. 꽃다발과 와인 한 병을 사 들고 찾아갔다. "실례합니다." "어어, 들어와." 런웨이에 서는 모델처럼 생긴 박시크(가명)가 문을 열었다. 아, 이번엔 드라마 세트장인 건가. 거실을 둘러보며 드라마에서 도회적인 이미지의 여배우가 퇴근 후 쉴 법한 공간이라고 생각했다.

30대가 되자 집에 놀러 갈 일이 많아졌다. 남의 집에 방문하는 날이면 현관문을 벌컥 여는 바로 그 순간이 가장 짜릿하다. 공간이 내가 아는 집주인의 이미지와 완벽히 일치할 때면 안도감이 들고, 전혀 예상치 못한 분위기일 때면 호기심을 느낀다. 집이라는 가장 사적인 공간에 초대를 받아 발을 들이는 경험은 역시 즐겁고도 고맙다.

쪼르르 따른 와인 잔을 부딪히며 박시크의 원룸 탈출을 축하했다. "세탁기 옆에서 자는 기분이 별로였어." "원룸이란 게 그렇지." 세탁기 옆은 아니지만 주방에서 잤던 내가 고개를 끄덕이며 말했다. 지금도 침대에서 세탁기와 주방이 보이긴 하지만 침대 옆에 착 붙어 있진 않다. 지금 사는 집에는 베란다도 있다. "베란다만 있어도 좋더라." "오, 베란다? 베란다 빨래 널어 두면 진짜 좋지." 원룸 생활인은 안다. 빨래하는 날마다 옷 더미로 어수선한 세탁소에서 생활하는 것처럼 산만하다.

"잠자는 방만 따로 있어도 좋겠어." "그럼 결혼해야 할걸. 나 그래서 결혼하잖아." "뭐야, 언제? 정해진 거야?" 깜짝 발표를 들어 버렸다. 예고 없이 청첩장을 받았지만 그다지 놀라지도 않았다. 30대엔 결혼 소식이 많이 들린다. 좁은 집에서 혼자 5년 이상 살다 보면 계약 결혼이라도 해 버리고 싶다. 방 한 칸이 추가될 때마다 억 단위가 넘는 예산이 필요하다. 그 정도 돈을 감당하려면 보통의 경제력으로는 엄두가 나지 않아 빚을 나눠서 갚아 줄 사람을 찾아 나서고 싶다. 그리고 하나 더, 음식을 버리는 날에.

음식을 다 먹어 치우지 못하는 바람에 개수대에 쏟아 버리게 되는 날이면 불편하고 눈치가 보인다. 혼자 살면서 대체 누구 눈치를 보는 건지. 음식물 쓰레기가 나오면 나란 인간이 뭐라고 매일 다 먹지도 못할 음식을 만드나 싶다. 아무리 퍼 먹어도 우물처럼 줄어들지 않는 수프 냄비를 바라볼 때면 같이 먹자고 말할 사람이 있나 찾아보게 된다. 서울 사는 친구는 있어도 동네 친구는 없다. 그러니 당장 저녁 먹으러 오라고 부를 사람은 없다. 두 눈

씻고 찾아보아도 없다는 걸 알면서도 매번 생각한다. 누구 불러서 같이 먹자고 해 볼까? 갑자기 밥 먹으러 오라는 말을 들으면 누구든 기뻐하기보다는 당황할 것이다. 보고 싶은 사람이 있으면 대략 한 달 전부터는 '예약'을 걸어 두어야 하니까. 30대란 각종 경조사와 사회생활로 바쁜 가운데 혼자만의 시간까지 사수하려면 도무지 뭉텅이 시간을 내기 힘든 나이다. 그런데 갑자기 저녁을 먹자고? 제안은 고맙지만 내키진 않는다. 결국 어쩔 수 없이 냄비를 기울여 애매하게 남은 수프를 개수대에 졸졸졸 흘려 버리곤 한다.

수프는 끓이면 끓일수록 맛이 좋아질 것 같지만 내 입맛엔 그렇지도 않다. 수프를 포함한 모든 종류의 국물 요리가 그렇다. 끓이자마자 먹어야 가장 맛있다. 냉장보관 했다가 다음 날 한 번 정도는 더 끓여 먹어도 그럭저럭 맛있지만, 냉동실에 넣거나 두 번 이상 끓이면 그때부터는 아무래도 '먹는다'가 아닌 '처리한다'의 단계다. 남은 음식을 처리하는 식사를 반복하다 보면 음식은 덜 버리지만 생활의 즐거움은 개수대 아래로 몽땅 씻겨 내려간다.

처음부터 많은 양을 끓이는 편이 아닌데도 매번 남긴다. 중간 사이즈 냄비에 수프를 끓이면 보통 2.5인분에서 3인분 정도가 나온다. 사흘 동안 같은 수프를 먹을 수밖에 없다. 어쩔 수 없이 냉동실에 보관할 때도 있지만 냉동실이 작아서 넣고 싶어도 더 넣을 수가 없을 때면 냄비는 냉장실로 직행, 다음 날 아침 메뉴도 '어제 먹다 남은 수프'가 되어 버린다. 1인 가구의 아침 식사란 "전날 먹다가 남은 음식"이라고 말하는 이다혜 작가의 에세이를 읽으며 나만 그런 게 아니구나 싶어서 얼마나 안심했던지.

식탁 맞은편에 누군가 앉힐 사람이 있다면 요리를 하고 나서 해야 하는 뒤처리 과정을 덜 고민했을 것이다. 그렇다고 해도 매일 같은 사람과 식탁에 마주 앉아 밥을 먹는 상상을 하면 명치에 돌덩이를 얹은 것처럼 속이 갑갑하다. 아무래도 가끔씩 내킬 때마다 수프 한 그릇을 후루룩 기분 좋게 먹어 치워 줄 수 있는 사람을 초대하는 편이 좋겠다.

수프를 끓일 때마다 언젠가는 갓 끓인 따뜻한 수프를 좋아하는 사람들과 함께 먹겠다며 다짐했는데 아직 한 명도 초대하지 못했다. 집을 왕래할 만큼 친한 사람은 손에 꼽을 정도로 적은 데다가 요리가 끝나고 엉망이 된 부엌 (겸 방) 꼴을 보자면 이런 시끄러운 광경은 역시 혼자 아는 편이 좋을 것 같다는 생각에 이른다. 내가 좋아하는 사람들과 나누고 싶은 건 음식이지, 음식을 만들어 내느라 엉망으로 흐트러진 집안 꼴은 아니다.

감추고 싶은 생활의 흔적을 잠깐 숨겨 둘 만한 여분의 공간이 없는 집에서만 살았다. 흠결과 허물을 들춰 가며 이른바 '볼 꼴 못 볼 꼴'을 다 보는 관계에서 친밀감과 진정성을 느끼는 사람들도 있지만 나는 대체 못 볼 꼴까지 보여 가며 도달해야 하는 깊이 있는 관계란 게 있기나 한 거냐며 갸우뚱하는 유형의 사람이다. 애초에 서로 못 볼 꼴은 보이지 않도록 배려하면서 살 수도 있는데 말이다.

성향이 이러하다 보니 현관을 열자마자 주방과 함께 머리카락이 굴러다니는 이부자리도 같이 보이는 공간에 사람을 초대씩이나 하는 그림이 그려지지 않았다. 대체로 사람은 끼리끼리 어울리는 편이어서 친구들도 굳이 놀러 오겠다고 조르지 않았다. 그러는 사이에 6년이 훌쩍 지나갔다. 처음엔 공간이 좁아서 누군가를 부르지 못한다고 생각했다. 지금은 잘 모르겠다. 내가 타인과 함께 식사를 하며 떠들썩한 저녁을 보내고 싶은 사람인지. 공간이 아니라 마음의 틈이 없었던 건 아닌지.

소파에 앉아 와인을 마시는데 박시크가 갑자기 엄청나게 자신만만한 목소리로 외쳤다. "내가 우리 집에서 제일 좋아하는 부분이야." 세련된 디자인의 TV나 원목 탁자, 빈티지한 장식장이나 소품이라도 꺼내 놓으려는 사람처럼 야심 찬 목소리였다. 보금자리를 새롭게 단장한 집 주인이 의기양양해서 자랑하는 모습은 귀엽다. 드디어 집들이의 백미인 자랑 타임이 시작인가 싶어 반응할 준비를 하고 있었는데 말문이 막히고 말았다. 블라인드를 올리자 화가가 정성껏 색을 배합해 그려 낸 것 같은 자홍색 하늘이 보였다. "예쁘지?" "그렇네. 정말 예쁘네. 부럽다."

자랑 대성공. 부러워서 배가 아플 지경이었다. 그날 구경했던 그 어떤 것들보다 탐나서 훔쳐 오고 싶었다. 바깥에 나가 탁 트인 장소로 찾아가지 않아도 거실 안에서 수채화 같은 하늘을 매일 볼 수 있다니. 하늘을 가지다니, 이런 다 가진 여자 같으니라고. 부러운 나머지 결혼하면 이 집을 나한테 넘겨 달라고 말했다가 전세 가격을 듣자마자 입을 다물고 와인을 털어 넣었다.

"너무 좋다. 방 하나만 더 생겨도 이렇게 좋구나." "너 요즘 투룸에 꽂혔구나?" 좋다는 말을 너무 많이 했다는 생각에 살짝 머쓱해졌다. 하지만 정말 좋은걸. 좋은 건 좋다고 솔직하게 말해야 한다. 그 어느 때보다도 방 하나가 더 있는 집을, 지금보다 넓은 집을 원했다. 적어도 공간에 관해서는 욕망의 화신이 따로 없었다. 드글드글 끓어오르는 욕망을 숨기지 않았다.

"응, 이게 다 코로나 때문이지." "맞아. 나도 원룸에서 재택근무까지 했으면…" 말을 끝맺지 않아도 알 수 있었다. 원룸에서 일도 하고, 먹고 자고, 쉬기까지 해야 하는 일상이 계속되면서 이따금 고개를 드는 우울감을 알아차리고 깜짝깜짝 놀라는 이들이 주변에도 한둘이 아니었다. 하루 한 번 햇빛 아래에서 산책, 운동하기. 이런 말들을 기회가 있을 때마다 구호처럼 외쳤다. 산책과 햇빛, 운동에 기대어 한 계절을 넘기면서 감옥이 따로 없단 생각을 자주 했다. 냉난방을 할 수 없는 열악한 환경에서 사는 사람도 많을 테다. 집에 머물라는 말이 누군가에겐 공포이자 위기다.

저녁을 먹고 거실에 나와 소파에 반쯤 드러누운 채 와인을 마시는 하루. 박시크의 집에서 보낸 하루엔 동선이 있었다. 집 안에서 행위에 따라 공간을 옮겨 다니는 동선이 생기기만 해도 행위의 시작과 종료 지점이 명료해진다. 동선이 없는 공간에서는 시작과 끝을 구분하기가 어렵다. 일과 휴식, 식사와 여가, 꿈과 현실이 마침표 없이 모호하게 뒤엉킨 공간에서는 쉽게 피로해진다. 우울과 무기력이 덮쳐 올 때 방 안에서 혼자만의 힘으로 대응해 이겨 내기가 어려운 이유다.

잠에서 깨면 일어나 식탁이 있는 부엌으로 가서 물을 마시는 동선, 책상에서 일을 하다가 업무가 끝나면 다시 침대가 있는 방으로 가는 동선. 몇 번의 이사를 거쳐야 동선 없이 정지된 하루에 궤적이 생길지 곰곰이 생각한다. 식탁은 6인이 앉아도 넉넉할 법한 커다란 원목 식탁이면 좋겠다. 사람을 초대하고 칠리 콘 카르네처럼 건더기를 아끼지 않고 푸짐하게 넣은 수프를 끓여 코스로 대접해야지. 일단 식탁을 들이고도 남는 공간이 있어야 사람을 부를 텐데, 그게 언제일지… 돌고 도는 생각의 꼬리. 결론은? 모른다. 답은? 없다. 결론은 알 수 없고 답도 없는 생각에 깊게 빠지면 세상이 답이라고 내놓은 선택지를 덜컥 골라 버릴까 두렵다.

"결혼밖에 답이 없던데?"라는 박시크의 칼칼한 목소리가 떠나질 않아 번잡한 밤이다. 먹다 남은 옥수수 수프를 데웠다. 부엌에 딸린 작은 식탁에 앉아 수프를 먹었다. 으, 달다. 수프의 다디단 맛이 거슬렸다. 마음은 소란스러운데 수프는 달아도 너무 달다. 이렇게 달아도 되는 거니. 눈치가 없어서 분위기 파악을 못하고 개그 욕심을 부리는 친구 같다. 대책 없이 달기만 한 옥수수 수프 한 그릇을 순식간에 먹어 치웠다. 배가 부르다. 평소라면 곧장 잠에 빠져들었겠지만… 오늘은 모르겠다.

인생은 고통이니까 수프나 끓여야지

쓸개가 또 파업을 선언했다. 힘에 부쳐서 잠깐 쉬고 싶다는 쓸개를 어르고 달랠 방법은 하나다. 묽은 수프를 끓여 갖다 바치기. 쓰린 속을 부여잡고 냄비에 물부터 올린다. 냉장고에 남은 채소를 잘게 썰어 넣고 익을 때까지 기다린다. 평소보다 건더기는 적게, 물은 많이 넣은 묽은 수프를 끓인다. 성에가 낀 단단한 아이스크림도 상온에 놓아두기만 하면 이내 녹아 흐른다. 시간이 필요할 뿐이다. 내 위장 안에서 딱딱하게 굳어 버린 것 같은 음식물도 시간이 지나면 부드럽게 움직일 거라고 믿으며 다음을 준비한다. 찌르는 듯한 고통이 거짓말처럼 지나가면 허기가 찾아올 것이다.

선천성 담관 기형에 의한 담관 낭종. 잊을 만하면 상복부에서 느껴지는 통증의 원인이라고 한다. 병원에서 몇 번이고 설명을 들었지만 나는 여전히 내 배 속에서 벌어지는 일이 낯설다. 소화를 돕는 쓸개즙이 췌장으로 흘러가는 통로가 조금 특별한 모양으로 생긴 탓에 쓸개즙이 제때 도착하지 못하거나 역류한다는 설명을 들은 뒤에도 이따금 등허리를 찌르는 듯한 고통이 찾아오면 이게 웬 날벼락인가 싶어 깜짝 놀란다. 한파에 꽁꽁 얼어붙는 노후한 수도관 하나를 몸 안에 심어 두고 사는 셈이다.

1년에 한 번 꼴로 만나는 대학병원의 주치의 선생님은 매번 이렇게 말한다.

"학계에 보고된 케이스가 많지 않아 지켜보는 게 좋겠습니다. 통증이 아주 심해지면 담낭 제거 수술을 하고, 그렇지 않으면 수술은 보류하고 추적 관찰을 하면서 지켜봐야 합니다."

한마디로 열린 결말, '다음 이 시간에'라는 여지만 남기고 진료는 끝난다. 주치의 선생님은 친절하다. 5분 안에 진료를 마친 뒤 환자를 빠르게 내보내기에 급급한 큰 병원의 의사들과 다르게 가끔 종이를 꺼내 그림까지 그려 가며 설명한다. 서랍 안에서 자를 꺼내 작년에 비해 담관이 얼마나 부풀어 올랐는지 보여 주기도 한다. 그 살뜰한 정성 때문에라도 정말 궁금한 걸 차마 물어볼 수가 없다.

그러니까 수술을 하긴 해야 한다는 거죠? 그런데 그게 언제일까요? 조금 특별한 모양으로 생긴 담관이 비범하게 특별한 모양으로 변하는 날이면 배를 갈라야 한다고 하셨잖아요. 선생님 그런데 그날이 제가 대작을 집필하겠다고 단단히 마음을 먹고 글을 쓰기 시작한 첫날이면요? 잠실 주 경기장에서 방탄소년단 콘서트를 보기로 한 날이면요? 친한 친구 결혼식에 참석해서 축사를 낭

송해 주기로 한 날이면요? 아니 그날이 제 결혼식 날이면 또 어쩌죠?

　　선생님께 그냥 이 자리에서 날을 정해 달라고 떼라도 쓰고 싶지만 "감사합니다"라는 인사와 함께 종종걸음으로 물러난다. 몸속에 언젠가 떼어 내야 하는 장기를 달고 살아가는 일은 부자연스럽다. 외부에서 침투한 이질적인 존재와 몸을 나눠 쓰는 기분이다. 존재는 이따금 잊힐까 봐 통증으로 신호를 보낸다. 내가 여기 있다고. 구미호에게 모월 모시에 간을 내주겠다는 약속을 하고 두 번째 삶을 살게 된 인간의 운명에 나를 대입한다. 머지않은 미래에 누군가에게 반납해야 하는 쓸개 하나를 보관 중인 삶이라고 생각하면 행동거지도 조심스러워진다. 아무거나 먹고 아무렇게나 살자니 눈치가 보인다.

　　질병의 심각성을 떠나 "추적 관찰을 요한다"는 소견을 들은 사람은 마음 한편에 음습한 망상이 똬리를 틀기 마련이다. 최악의 상황을 가정하는 버릇이 생긴다. 아픈 몸에 신경이 쏠리면 자기 자신을 함부로 가여워하게 된다. 아픈 몸을 가여워하는 이는 지인, 타인으로도 충분하다. 나까지 나를 가엽다 여기고 싶지 않아 생각의 고리를 끊어 내려 손을 움직여 수프를 끓여 둔다. 그마저도 힘들 때는 대책 없이 끙끙댈 수밖에 없지만. 이마의 식은땀을 훔치고 수프를 끓이며 주문 비슷한 것을 왼다. '엄마 손은 약손'의 성인 버전이다. 내가 배가 아프다며 끙끙대던 날이면 엄마는 수프가 아닌 흰죽을 끓여 냈지만.

어른들이 돌도 씹어 먹을 나이라고 표현하는 10대에도 나는 자주 기름진 음식을 먹고 더부룩한 속을 어찌할 줄 몰라 앓는 소리를 냈다. 그때 이미 기름진 음식과 상극이라는 걸 알았지만 피하는 데에 한계가 있었다. 피자와 햄버거, 기름진 고기. 그런 음식을 빼면 10대가 친구들과 먹을 만한 음식이 없었다. 친구들과 노는 날이면 고열량의 정크푸드를 분별없이 먹어 버리고 배가 아프다며 집에서 끙끙댔다.

배가 아프다고 하면 엄마는 약을 챙기고 죽부터 끓였다. 아무것도 넣지 않고 흰쌀로만 끓인 죽에 깨를 뿌려서 내놓는 엄마의 표정은 공포 그 자체였다. 자식이 아플 때 부모가 느끼는 불안한 심정을 한눈에 보여 주는 표정이었다. 그때부터 나는 자식을 갖는 일이 보통 깡으로 해낼 수 있는 일은 아님을 어렴풋이 느꼈디. 이름 모를 벌레가 나올 때마다 맨손으로 때려잡던 엄마의 깡다구도 딸의 배앓이 앞에서는 무용지물이었다. 내가 아프다는 이유만으로 엄마의 표정이 소나기가 몰려오기 직전의 하늘처럼 어둡게 변하는 걸 지켜볼 때면 나는 불안해지지 않으려 일부러 심드렁한 태도를 취했다. 침대에 누운 채 '고작 피자를 많이 먹었을 뿐이야'라고 생각하며 아픔을 잊기 위해 공상에 심취했다. 누워서 공상을 하며 이야기를 지어내다 보면 고소한 냄새가 났다. 고통은 싫었지만 죽 끓이는 냄새만큼은 좋아했다. 부엌에서 나는 부드럽고 고소한 냄새가 열린 방문 사이로 들어와 차가운 배꼽 언저리를 살살 쓰다듬었다.

흰죽에 대한 좋은 기억은 여기에서 끝이 난다. 열네 살 이후로 나는 흰죽을 먹지 않는 사람이 되었다. 어린 시절부터 자주 배가 아프다는 말을 했지만, 먼저 말썽을 부린 녀석은 엉뚱하게도 소화기가 아닌 척추였다. 학교에서 폐결핵 검사 때문에 단체로 엑스레이를 찍었고, S자로 유려하게 휜 척추 사진을 받아 들었다. 당장 큰 병원에 가 보라는 말을 들었다. 몇 군데의 병원을 거쳐 대학병원에서 휘어진 척추를 바로잡는 척추측만증 수술을 받았다. 척추에 철심을 박아 인공적으로 바로잡는 수술이었다. 부엌에서 흰죽을 끓이던 엄마는 이제 대학병원에서 거동이 어려운 딸에게 흰죽을 먹여 주었다.

배가 아프다는 말만 해도 낯빛이 눈에 띄게 어두 워지던 엄마는 어디 가고 그때쯤엔 한차례 소나기를 퍼부은 뒤 청명하게 갠 하늘처럼 산뜻한 표정도 자주 보여 주었다. 큰일이 아니다, 다 괜찮아질 거다, 하고 안심을 시키려는 속셈이었다. 하마터면 나조차 엄마의 신들린 표정 연기에 깜빡 속아 넘어가서 엄마가 대범한 사람이라고 믿을 뻔했다. 그러다 엄마가 사실은 연기 중이라는 걸 눈치 챈 날이 있었다. 바로 내가 초경을 한 날이다.

척추 수술을 받고 일주일도 채 지나지 않았을 때쯤, 나는 대학병원의 침대 위에서 초경을 했다. 침대 위를 벗어날 수 없던 신세라 간병인인 엄마의 도움을 받아 생리 현상을 해결하던 때였다. 기저귀를 떼기 전의 갓난아기나 마찬가지였다. 얼굴에 기름기가 돌고 여드름이 하나둘 나기 시작한 나이에 혼자 용변을 해결하지 못하던 시절로 회귀하는 경험은 민망하고도 어려웠다. 내 기억 속에 기저귀를 차던 시절은 없으니 태어나 처음 해 보는 경험이었다. 엄마는 내가 대소변을 가리지 못해 실수하던 시절의 기억과 경력을 되살려 능수능란한 직업인처럼 필요한 일을 처리했다. 무던한 시선과 능숙한 손놀림은 두 다리 사이에서 벌어지는 어떤 일에도 흔들리지 않았다.

어느 날 무덤덤하던 엄마의 시선에 감정이 보였다. 병원 생활을 시작한 후 처음 보이는 동요였다. 내 하체에 무언가 심상치 않은 일이 일어났다는 걸 직감했다. 잠깐 나갔다 오겠다고 한 엄마는 생리대와 새 속옷을 챙겨 왔다. 순식간에 생리대가 부착된 속옷을 갈아입힌 엄마는 흔들리던 표정을 지우고 다시 초연한 얼굴로 돌아왔다. 그때 나는 초경을 했다는 사실조차 실감하지 못하고 그저 얼떨떨했다. 그래서 무슨 일이 벌어진 건지, 앞으로 나는 어떻게 해야 하는 건지 흐릿한 의구심만 남았다.

척추측만증은 2차 성징을 겪는 여자에게 많이 나타난다고 한다. 원인은 불명. 왜인지 모르겠지만 측만증 수술을 한 환자들이 대개 10대 여성이라는 공통점이 있다고 한다. 척추에 철심을 박은 채로 잊을 수 없는 2차 성징을 통과하고 있는 딸에게 엄마는 생리가 시작되었다는 것, 가임기 여성의 몸으로 변화한다는 것의 의미 정도는 나중에 알리고 싶었던 것 같다. 퇴원할 때까지도 엄마는 나의 초경에 대해 별다른 설명을 덧붙이지 않았다.

회복기를 지나 내 힘으로 몸을 일으켜 거동할 수

있을 때쯤 나는 스스로 속옷에서 생리대를 떼어 낼 수 있었다. 한 달에 한 번씩 이런 일이 반복될 거라는 자각은 없었다. 병원에서 벌어진 모든 사건이, 내 몸의 변화가 믿기지 않았다. 앞으로 꽤 긴 시간 동안 주기적으로 생리를 할 거라는 사실도, 죽을 때까지 떼어 낼 수 없는 철심이 척추에 촘촘히 박혀 있다는 사실도 누군가 지어낸 이야기 같았다. 퇴원과 함께 이야기는 신기루처럼 사라졌다. 어느 날 잠을 자다가 수술 부위가 뻐근하거나 이부자리에 배어난 핏자국을 확인하고 소스라치게 놀란 뒤에야 몸의 변화를 자각했다.

집으로 돌아온 후 엄마는 내가 아플 때마다 죽 대신 수프 분말을 털어 넣어 양송이 크림 수프를 끓여 냈다. 내가 흰죽은 먹고 싶지 않다며 거부했기 때문이다. 멀건 죽을 바라보면 병원 생활이 생각났다. 죽 색깔이 꼭 아침마다 찾아온 의사의 가운 같았고, 간호사가 갈아 주던 침대 시트나 환자복 같았다. 죽 냄새를 맡으면 수술 부위를 소독할 때 나던 약 냄새가 생각나면서 기분 나쁜 거부감으로 속이 울렁였다. 엄마는 흰죽 대신 분말 수프 몇 봉을 사 두고 딸의 아픔을 대비했다. 내 몸이 커져서 독립할 때까지 수프 봉지는 늘 우리 집 부엌 찬장 안에 상비약처럼 구비되어 있었다.

이제 내 아픔은 내가 챙긴다. 채소를 가득 썰어 넣은 묽은 수프를 한 냄비 끓이면서 종종 생각한다. 엄마가 아플 때는 어떤 음식으로, 어떻게 아픔을 대비했을지. 고통이 지나간 후에 먹기 위한 죽 한 그릇, 수프 한 그릇을 엄마는 아무도 모르는 곳에서 혼자 끓였을까. 요란한 통증으로 속 시끄러운 밤을 홀로 보내는 날이면, 동거인이 셋이나 있는 집에서 나 홀로 아픔을 달랬을 엄마의 밤을 떠올린다. 엄마는 쌀을 불렸을까, 아니면 분말 수프 봉지를 뜯었을까. 아니면 죽도 수프도 아닌 다른 방법으로 자신의 고통을 어루만졌을까.

어느 날 부모님 댁에 갔을 때 화장실에서 생리대가 없어졌다는 걸 문득 깨달았다. 엄마의 폐경을 짐작한 날이다. 엄마의 폐경이 무심히 지나가 버리고 만 것이다. 그게 뭐 별일이라고. 다들 겪는 일이지. 엄마의 무던한 목소리가 들려왔다. 흔히 사람들이 큰일이라고 말하는 것들을 대수롭지 않게 대하는 관조적인 태도가 누굴 닮았나 했더니 엄마 작품인 것 같다. 갱년기 때문에 어려운 점은 없었냐고 뒤늦게 살가운 질문을 해 보았지만 엄마는 말했다. 글쎄, 인생은 늘 고통이지. 우문에 현답이었다. 폐경에 얽힌 엄마의 심경 고백은 그렇게 철학적인 명제 한 줄로 끝이 났다. 자기 문제를 설명할 때도 자꾸만 남 일 대하듯 거리를 두고 냉랭하게 말하는 태도도 누구 닮았나 했더니 엄마 작품이었다.

배 속에서 별안간 벼락이 치는 것 같아 깜짝깜짝 놀라는 날이면 끙 하고 일어나 부엌으로 간다. 부엌에서 수프를 끓이며 인생은 고통이라던 엄마의 지론을 반복해서 떠올린다. 엄마 손은 약손이라는 말보다는 그쪽이 더 구체적이어서 믿음직하다. 고통 사이사이에 찾아오는 잠깐의 휴지기에 퍼 먹을 수프 한 그릇을 준비하면서 언젠가 쓸개를 떼어 내는 날 병동에서 환자복을 입고 다시 흰죽을 먹을 내 모습을 그린다. 그땐 엄마가 먹여 준다고 해도 닭살이 돋아 수저를 빼앗을 것 같다. 애초에 흰죽은 역시 끌리지 않는다. 쓸개 없는 사람으로 다시 태어나는 날 미역국 색깔의 푸릇한 시금치 수프로 몸의 변화를 기념하는 것도 좋겠다. 너는 쓸데없이 계획적이다. 요즘에도 배가 아프다고? 검진은 받은 거지? 덤덤한 척하지만 불안감을 숨기지 못한 엄마의 목소리가 귓가에서 웡웡 들리는 것 같다.

매일 혼밥하는 사람의 점심

점심시간 5분 전, 자기 자리를 벗어나는 사람들의 발소리로 사무실이 분주하다. 엘리베이터를 기다리는 시간조차 아깝다는 듯 빠른 걸음으로 계단을 뛰어 내려가는 구두 소리가 시끄럽게 울린다. 자유를 앞두고 들뜬 회사원의 흥분은 숨겨지지 않는다. 계단을 내려가는 한 무리의 사람을 응시하는 내가 보인다. 까만 머리통 여러 개가 일사불란하게 움직이는 모습을 내려다보며 현기증을 느낀다. 저 무리에 끼어서 점심 식사를 해야 하는데. 밥을 먹어야 하는데. 조급한 마음으로 점점 더 작아지는 수십 수백여 개의 검은 점을 바라볼 때쯤 두 눈이 떠진다. 꿈이었다. 아이고, 감사합니다. 수신자도 없는 감사를 전하며 하루를 시작했다.

2018년, 첫 직장이자 어쩌면 마지막 직장과 이별했다. 건강이 허락하는 한 일은 계속하고 싶으니까, 회사 안에서만 가능한 일이 탐이 난다면 재결합을 할지도 모르니 '어쩌면'이라는 단서를 붙인다. 이제는 회사에 출근하지 않는데도 종종 회사와 관련된 꿈을 꾸면서 하루를 시작한다. 일상의 긴장도가 높은 시기에 꿈속의 나는 주로 사무실에 앉아 있거나 회의실에서 일을 하고 있다. 그런 꿈은 유쾌하진 않아도 참을 만하다. 하지만 직장에 다니던 시절로 돌아가 점심시간을 보내는 꿈만큼은 무섭다. 등허리가 축축해진 티셔츠를 갈아입으며 불길한 기운을 떨쳐 버리려고 오늘의 점심 메뉴를 생각한다.

　　나는 매일 혼자 점심을 먹는다. 약속이 있는 날을 제외하면 집에서 혼자 요리를 해서 챙겨 먹는 편이다. 마감을 하고 나서 점심에 혼자 수프를 끓여 먹는 날이면 직업 만족도가 올라간다. 직업 바꾸기를 참 잘했다며 우쭐한 기분이 되어 과거의 나를 칭찬한다. 돌이켜 보면 줄곧 혼밥을 선호했다. 시간표가 엄격하게 짜인 10대 시절엔 어쩔 수 없이 매일 여러 사람과 점심시간을 보내야만 했다. 아마도 학교가 싫었던 이유는 시험이나 숙제 때문이 아니라 사람들과 함께 보내는 점심시간 때문이었을 수도. 성인이 되어 대학 사회에 진입하고서 점심을 혼자 먹을 수도 있다는 충격적인 사실에 놀랐던 기억이 난다. 신입생 딱지를 떼자 학생식당에서 혼자 밥을 먹어도 그 누구도 아는 체를 하지 않았다. 혼밥이 비정상적인 행동이 아니라는 사회적인 합의를 읽어 내자마자 혼밥의 역사가 시작되었다.

　　혼자 밥을 먹으면서 다른 사람의 대화를 자주 벗삼았다. 귀를 쫑긋 세워서 옆 테이블의 대화에 주파수를 맞추었다. 점심시간마다 캠퍼스 내의 치정과 권력 암투, 미래에 대한 불안감과 인간관계의 고단함을 업고 다니는 학생들의 사연을 수집했다. 내 것이기도 하고 너의 것이기도 한 이야기들. 그때부터 사람과 사회, 내 주변을 둘러싼 상황과 거리를 유지하고 관찰자 시점으로 세상을 바라보는 습관이 생겼다. 타인의 이야기를 주워듣는 습벽은 동화로 이어졌다. 나는 자주 다른 사람의 말을 듣다가 내가 나인 줄도 잊고 빠져들었다. 다른 사람들과 함께하는 점심시간이 고단한 이유는 타인의 이야기에 속수무책으로 끌려 들어가기 때문일지도.

　　사람들의 이야기를 듣다 보면 대개 입구와 출구의 구분이 없는 나선형 계단처럼 같은 경로만 맴도는 기분이었다. 출구 없는 미로 같은 이야기 속에 갇혀서 나에게 전해져 오는 감정을 가만히 받아 냈다. 짧은 점심시간에 튀어나오는 감정이란 섬세한 결의 슬픔보다는 악의가 깃든 순간적인 분노인 경우가 많았기 때문에 쉽게 지쳤다. 이야기 속에 갇힌 나는 누군가 나를 좀 꺼내 줬으면 좋겠다고 생각하며 점심시간이 끝나기만을 기다렸다. 한 시 반, 점심시간이 끝나면 미로가 해체되고 마침내 다시 내 이야기로 돌아갈 수 있었다. 자리에 앉아 차분히 오늘의 할 일을 하나씩 정리할 때 나의 현실로 돌아왔다는 안정감을 느꼈다.

마음 안에 고인 말이 출렁이는 순간을 사랑하는 사람들이 있다. 침묵의 시간을 통과해야만 소통할 기운이 생기는 나 같은 사람은 고요함에서 힘을 얻는다. 점심을 혼자 먹으면 말 대신 생각에 집중할 수 있어서 좋다. 대화를 이어 가기 위한 의례적인 반응을 하지 않아도 되는 자유로운 식탁 위에서 엉뚱한 이야기가 생각난다. 혹은 언젠가 꼭 기록하고 싶었지만 잊고 지나간 말들도. 밥을 먹으며 생각을 이어 가고, 식사가 끝나자마자 설거지를 하면서 복기한다. 설거지도 끝나면 드립백을 뜯어 커피 향을 맡으며 마음의 준비를 한다. 마음의 준비까지 다 끝난 뒤에야 책상 앞에 앉아 글자를 타이핑하며 생각을 정리한다. 글을 쓰려면 반드시 생각에 빠져드는 예열의 시간이 필요하다. 점심을 혼자 먹으면서 예열을 하고, 오후에는 열이 식기 전에 그 힘을 받아 가장 중요한 일을 처리한다.

수프 한 그릇을 만들고 먹는 데 걸리는 평균적인 시간은 40분 남짓. 식탁을 치우고 뒷정리를 하는 시간까지 포함하면 점심시간은 한 시간 정도다. 마음이 바쁜 날엔 손을 움직여서 요리를 하기가 어렵다. 그런 날엔 아침부터 부지런히 옷을 챙겨 입고 집 밖으로 나선다. 점심시간이 되어 사람이 붐비기 전에 수프를 포장해 와야 한다.

언젠가 농담처럼 숲(soup)세권에 살고 싶다고 얘기한 적이 있는데, 서울 생활 6년 차에 그런 일이 벌어졌다. 그야말로 엎어지면 코 닿을 거리에 마포 지역에서 가장 유명한 수프 맛집이 있다. 그곳에서 또 10분 정도만 더 걸어가면 베이글과 함께 맛있는 콘 수프와 미네스트로네를 파는 식당이 있다. 아침 8시부터 운영하는 곳이어서 눈이 일찍 떠진 날엔 경의선숲길을 산책하고 이곳에 들러 조식을 해결한다. 훌륭한 수프와 빵을 파는 가게가 동네에 있어서 점심 걱정은 없다. 두 가게 모두 훌륭한 음식을 대접하지만 자리가 많지 않고 내부가 좁은 편이라는 점은 아쉽다. 하긴 요즘 맛집은 다 배달을 하기 때문에 땅값 비싼 서울에서 넓은 매장을 운영할 필요는 없을 테다. 그래도 아쉬움은 어쩔 수 없다. 수프에서 나는 김이 채 식기도 전에 숟가락을 담가 입김을 불어 가며 먹는 맛이 있는데. 아쉽지만 자리가 많지 않은 매장에서 혼밥하는 손님이 식탁 하나를 다 차지하고 앉기가 어쩐지 민망해서 점심엔 늘 포장을 해 왔다.

그러다 큰마음을 먹고 점심시간에 매장에 앉아 식사를 한 날이 있다. 2020년 8월부터 다섯 달 동안 매달 한 편씩 점심시간에 에세이를 썼다. 가급적 점심시간에, 점심을 주제로 글을 써 달라는 요청을 받고 매달 적어도 한 번씩은 바깥에 나가서 점심을 먹으며 글을 썼다. 매번 집에서 혼자 보내는 점심시간에 대해 쓸 수는 없었다. 내가 아닌 다른 사람들의 점심시간을 관찰하고 싶어서 베이글과 함께 수프를 파는 단골 맛집에 앉아서 점심을 먹어보기로 했다. 마침 딱 한 자리가 남아 있었다. 자리를 잡고 베이글과 콘 수프, 커피를 받아 들고 왔다. 자리에 앉자마자 베이컨과 치즈 조각이 올라간 콘 수프 한 숟가락을 크게 떠서 입안으로 가져갔다. 수프를 채 삼키기도 전에 조심스러운 목소리가 들려왔다.

"저, 죄송한데요. 제가 지금 식사를 해야 하는데 자리가 없어서요. 괜찮으시다면 함께 앉아서 먹어도 될까요?"

부탁을 해 오는 여자분의 얼굴엔 미안함이 가득했다. 그렇게 처음 만난 사람과 점심시간에 식탁을 공유했다. 우리는 행여나 시선이 얽힐까 봐 조심했다. 나는 내 눈앞에 있는 수프 그릇만 쳐다보았다. 내 앞에 앉은 분은 시종일관 휴대폰 화면을 바라보며 베이글 샌드위치를 먹었다. 매장은 시끄러웠지만 식탁 위엔 정적만 흘렀다. 부지런히 음식을 먹으면서 휴대폰에 시선을 고정시킨 채 같은 식탁에서 다른 시간을 보냈다. 식탁 반대편에 누군가 있지만 혼밥이나 다름없는 식사였다.

문득 회사에 다니던 시절 점심시간을 혼자 보내기 위해 약속이 있다는 핑계를 대고 회사에서 멀리 떨어진 프랜차이즈 카페로 걸어가곤 했던 나날이 떠올랐다. 그 시절의 마음을 돌아보고 싶어졌다. 수프 한 그릇을 깨끗하게 비운 뒤 남은 베이글을 질근질근 씹으면서 글의 흐름을 구상했다. 여전히 식사를 하느라 바빠 보이는 오늘의 밥친구에게 속으로나마 고맙다는 말을 전했다. 우연이 맺어 준 익명의 점심 짝꿍 덕분에 잊고 있던 시절의 이야기가 생각났다.

그간 우연에 기대어 참 많은 짝꿍을 만났다. 혼자 여행을 다닐 때, 출장 가서 밥을 혼자 먹을 때, 집 앞 식당에서 빠르게 점심을 해결해야 할 때, 맛집에 혼자 찾아갔을 때. 혼자 밥을 먹는 사람들은 식당의 상황에 따라 2인, 4인으로 조를 맞춰 앉아야만 한다. 홍콩의 한 유명 딤섬집에서, 스페인 바르셀로나 소재 게스트하우스의 식당에서, 서울 을지로에 있는 순댓국집과 장충동에 있는 평양 냉면집에서. 수없이 많은 사람들이 발자국을 찍은 관광지와 유명 식당에서 나는 1인분의 시간만을 감당하고 싶어 하는 여행자, 직장인, 사회인, 생활인과 식탁을 나누어 쓰며 스쳐 지나갔다.

식탁이 맺어 준 점심 짝꿍의 얼굴은 하나도 남아 있지 않다. 내 얼굴도 그렇겠지. 복원할 수 없는 유물처럼 허물어진 그들의 얼굴을 통해 도시의 익명성을 체감한다. 도시에는 눈에 띌 걱정 없이 숨어들 수 있는 식당이 곳곳에 있다. 사람 많은 식당에서 점심을 해결해야 할 때, 나는 본인이 선점한 자리의 반대편을 기꺼이 내주며 일사불란하게 협력하는 상황에서 뜻밖의 인간미를 느낀다. 혼자 식사에만 집중하고 싶지만 식탁이 필요한 이에게 언제든 자리를 내주겠다는 태세를 갖춘 혼밥 생활인들끼리 앉은 식탁의 분위기는 다르다. 낯선 사람끼리 마주 앉은 식사 자리에서만 나오는 사색의 에너지가 있다. 단단한 침묵으로 자기 시간을 보호하는 사람들이 뿜어내는 기운. 누군가는 배타성으로, 혹은 어색하고 냉정한 분위기라고 해석할 수도 있다. 그게 아주 큰 오해는 아닌지라 항변할 수는 없지만 그럼에도 어쩔 수 없이, 예기치 않은 접촉이 가득한 도시에서 보내는 혼자만의 점심시간을 사랑한다.

인내 끝에 얻게 될 수프 한 그릇은 달다.

이토록 투박한 믿음이 있기에, 오늘도 쓴다.

마감 전야

아침 8시로 맞춰 둔 알람이 울리기도 전에 잠이 깼다. 곧장 현관으로 가서 새벽에 도착한 커다란 상자를 안쪽으로 끌어당긴다. 상자를 안으로 들이고 문을 닫는다. 이중 잠금장치까지 채워 문단속을 단단히 하고 각오를 다진다. 이제 올해 마지막 업무를 끝내기 전까지 나는 이 문을 열고 밖에 나갈 일이 없을 것이다. 문을 열고 외출할 때는 이미 2021년으로 해가 넘어가 있겠지.

2020년 12월 마지막 주, 갑자기 일이 몰려 몇 편의 글을 마감해야 했다. 2020년의 마지막 날이 일주일 정도 남았을 때 나는 마켓컬리에서 지난 2주간의 식비를 합한 것보다 많은 금액을 한꺼번에 지불했다. 일이 끝나기 전까지는 외출을 할 수 없었기 때문이다. 쌀독에 쌀이 떨어졌다고 해도 예외는 없다. 마감을 다 해내야만 집 밖을 나갈 수 있다. 그러니까 마켓컬리 로고가 박힌 커다란 상자 안에 있는 것들로 나는 나홀간 나를 먹여 살릴 것이다. 상자를 열어 장바구니에 담았던 물건을 하나씩 꺼낸다. 터져나가기 직전인 냉장고에 겨우 자리를 마련해서 차곡차곡 수납한다. 준비는 끝났다. 이제 쓰기만 하면 된다.

이렇게까지 비장할 일인가. 매번 마감을 앞두고 믿기지 않을 정도로 심각해진다. 마감을 준비하지 않고서는 불안해서 작업을 시작할 수도 없다. 마감일이 닥치면 그냥 다 하게 되어 있다며 대수롭지 않게 마감을 대하는 사람도 보았다. 나는 그런 사람들이 수천 명의 관중 앞에서 당당히 서서 노래하는 디바 같다고 느낀다. 미래의 내가 마감을 알아서 처리할 거라고 여기며 현재의 나에겐 부담을 전가하지 않는 강인한 심장을 지닌 사람들이 부럽다.

　나에게 마감은 미리 준비해 두지 않으면 곤란한 이벤트다. 결혼식이나 돌잔치, 장례식처럼 마감도 준비를 단단히 해 두어야 무사히 넘길 수 있다. 가장 시급하게 준비해야 할 것은 물론 원고다. 안타깝게도 원고의 준비 상황은 내 마음처럼 따라와 주지 않을 때가 더 많다. 어쩔 수 없이 내가 택한 방법은 집중을 방해하는 요소를 최소화하고, 시간을 넉넉히 확보해 두는 것이다.

　마감이 다가오면 마켓컬리에서 봉지 수프를 여러 개 구매한다. 아침 겸 점심으로 수프를 데워 먹으면 늦은 오후까지 집중을 흐트러뜨리지 않고 글에만 집중할 수 있다. 마감이 코앞일 땐 밥을 차려 먹는 일이 꺼려진다. 글을 단장하는 중요한 일은 해가 떠 있는 시간에만 가능하기 때문이다. 햇볕이 드는 시간에 집중이 가장 잘되고 능률이 가장 높기 때문에 낮 시간을 허투루 쓸 수 없다.

밤늦게까지 글을 쓰거나 고치면서 일하는 시간을 늘려 본 적도 있다. 그러다 그나마 남아 있던 집중력과 체력만 바닥이 나고 사랑하던 일이 징그러워진 시기가 있었다. 다시 사랑할 수 있도록 거리를 두기 시작했다. 하루 중 노동을 하기에 가장 알맞은 시간대를 찾아내고, 그 시간 내에서 최대치를 해낸다는 기준을 세웠다. 아침부터 해가 지기 전까지만 노동을 한다는 기준에 따라 작업을 한 뒤로 마음도 덜 괴롭다.

노동 시간이 짧기 때문에 마감이 몰린 시기엔 점심을 간단히 해결한다. 봉지 수프처럼 조리가 필요 없이 데우기만 하면 먹을 수 있는 간편식을 애용한다. 봉지 수프 하나로는 아쉬운 날엔 살짝 구운 토스트나 팬케이크 같은 빵 종류나 샐러드를 곁들인다. 역시 수프와 함께 주문해 둔 음식이다. 마켓컬리의 '라쿠치나'와 '아우가'라는 브랜드의 수프를 종류별로 번갈아 가며 전자레인지에 돌린다. 3분이 지난 후 그릇에 옮겨 담고 책상 앞에 앉아 숟가락으로 수프를 퍼 먹으며 마감만 끝내면 채소를 사서 직접 수프를 끓이겠노라 다짐한다.

건더기가 없는 묽은 수프를 몇 번 데워 먹으면 금세 채소와 콩을 듬뿍 넣은 건더기 많은 수프를 해 먹고 싶어진다. 당장이라도 옷을 갈아입고 나가서 집 앞 슈퍼마켓에서 장을 본 다음 불 앞에 서고 싶다. 따뜻한 수프 한 그릇을 해 먹고 나면 일도 술술 잘 풀릴 것 같다. 마감이 이토록 힘겨운 이유는 어쩌면 제대로 된 수프를 아직 먹지 않았기 때문인 것만 같다. 이럴 때 속지 말아야 한다. 수프와 글은 아무런 관계가 없다. 좋아하는 수프를 끓인다고 해서 지금 바로 대단한 글을 쓸 수 있을 리가 없다. 갑자기 집중력이 늘어나 앉아서 여덟 시간을 쉬지 않고 일할 수 있을 리도 없다.

마감을 앞두고 만반의 준비를 끝내면 온갖 핑계가 생긴다. 이것만 하면 될 것 같은데,라는 핑곗거리는 도처에 널려 있다. 아이스크림만 먹으면 될 것 같은데, 빨래만 하면 될 것 같은데, 청소기만 돌리면 될 것 같은데, 드라마 한 편만, 영화 한 편만, 책 한 권만, 유튜브만 좀… 수많은 핑계가 마감과 나 사이의 거리를 벌린다. 핑계 하나에 걸려 넘어지는 순간 목적지인 마감은 멀어지기만 한다.

여기까지 쓰고 나서 참지 못하고 바깥에 나가 도보 3분 거리에 있는 수프집에서 닭고기 야채 수프를 포장해 왔다. 건더기가 가득한 수프를 식기 전에 다 먹어 치웠다. 배도 부르니 마감만 하면 되는데. 글만 쓰면 되는데. 문제는 닭고기 야채 수프를 포장해 오는 길에 엉뚱한 것들이 딸려 왔다. 집으로 올라가는 길목에서 마트에 들어가 건전지와 욕실 세제와 변기솔, 청소용 수세미를 사 들고 왔다. 정신을 차려 보니 마트 안에서 생활용품을 이것저것 주워 담는 내가 보였다. 이래서 외출이 위험하다니까. 닭고기 야채 수프와 함께 데려온 사물이 제 위치를 찾아가는 동안 마감은 후순위로 밀려난다.

　　일주일 전부터 배터리가 다 되었다는 신호를 보내던 도어록 건전지를 교체했다. 문을 여닫을 때마다 삑삑 소리를 내는 도어록을 보며 잠금장치가 고장이 나서 원룸에 감금되는 상상을 했었다. 약을 넣어 주자 도어록이 잠잠해졌고, 혼자 사는 원룸이 한층 안전해진 것 같은 착각이 들었다. 곰팡이 핀 변기솔을 새것으로 교체하고 욕실세제와 수세미는 포장을 뜯어 욕실 한편에 놔두었다. 제자리를 찾은 물건을 바라보다 잊고 있던 중요한 일이 생각났다. 맞다, 욕실 바닥 청소를 해야 하는데!

　　바지 밑단을 무르팍까지 걷어 올리고 대대적인 작업에 들어갔다. 오늘 사서 뻣뻣한 수세미로 묵은 때를 씻어 낸다. 신상은 다르네. 시원하게 분사되는 강력 세제와 세제가 닿아 거품이 나는 타일을 바라보면서 쾌감을 느낀다. 길이 덜 든 수세미를 들어 타일 사이사이에 낀 물때를 벗긴다. 마지막으로 변기솔을 들어 변기 청소까지 마무리하면 끝. 오랫동안 미루어 두었던 숙제가 끝난 것이다.

정말 숙제가 끝난 걸까? 구석구석 침투한 까만 때를 말끔하게 지워 냈지만 개운하지 않다. 생활의 숙제 하나를 끝냈지만 직업인으로서 해결해야 하는 숙제가 남았다. 바깥에 나가 수프를 사 오고, 욕실 청소까지 하는 동안 세 시간이 훌쩍 지나갔다. 이래서 아예 바깥에 나가지 말았어야 하는 건데.

마감을 앞둔 시기에 외출을 자제해야 하는 이유는 생활의 감각을 일깨우기 때문이다. 집을 나서는 순간 사방에서 숙제 검사를 하는 목소리가 들린다. 마트에 들어서면 바닥을 보이는 세제와 하나밖에 남지 않은 두루마리 휴지와 치약, 샴푸와 비어 가는 냉장고를 채워야 한다는 목소리가 들린다. 카드의 포인트 적립 여부를 물어보는 점원의 말을 듣는 순간 이번 달 빠져나가야 할 카드값을 비롯한 고지서를 확인하지 않았다는 사실을 깨닫는다. 카드를 뽑고 영수증은 버려 달라고 말한 뒤 마트를 나오는 순간 두꺼운 전단지 한 묶음을 든 청년과 마주친다.

피트니스 센터에서 줌바와 요가 프로그램을 할인하고 있으니 방문해 달라는 말과 함께 '월 3만 원대!'라고 쓰인 전단지를 받아 들면 홈 트레이닝용으로 구매한 매트를 꺼내지 않은 지 2주가 되어 간다는 놀라운 사실을 깨닫는다. 오늘은 운동을 해야겠는데? 집으로 올라가는 길에 단골 세탁소가 보이면 가을에 입었던 트렌치코트와 재킷을 맡겨야 한다고 생각한다. 단 한 번의 외출로 알게 된 생활의 의무가 벌써 몇 가지란 말인가. 이러니 외출이 위험하지.

　　나이가 이 정도로 먹었으면, 혼자 산 지 7년 차면 능숙할 때도 됐는데 생활인으로서 내 능력은 여전히 형편없다. 많은 일을 자주 깜빡하고, 미루고, 등한시하다가 한꺼번에 처리한다. 바깥에 나가 분주한 사람과 사물에 자극을 받아 생활인의 감각이 한번 깨어나면 집에 돌아가는 길엔 온통 머릿속에 쌓인 숙제들을 처리해야 한다는 생각뿐이다. 생활을 돌보지 않은 기간이 길어질수록 목록은 무한정 늘어난다. 목록이 늘어날수록 글을 쓰는 일에서 멀어진다. 지금 욕실에 곰팡이가 피었는데 글을 쓰겠다고? 내 안의 생활인 자아가 갑자기 튀어나와 호통을 친다. 생활인의 목소리가 커질수록 글쓰기는 우선순위에서 밀려난다. 분명히 어젯밤까지만 해도, 아니 오늘 아침까지도 마감이 1순위였으나 욕실 청소만 하다가 반나절이 지나간 것처럼.

몸을 움직여 그간 미루어 둔 집안일을 한바탕 처리하다 보면 다시 배가 고프다. 허기를 해결하는 것도 결국 내 몫이다. 이번엔 냉장 보관을 해 두었던 양송이 크림 수프를 데웠다. 냉장고를 열어 수프를 꺼내고, 가스 불에 냄비를 올리면서 생각했다. 성인 한 명이 생활을 유지하는 데에, 특히 먹는 일에 너무 많은 에너지가 소모되고 있는 게 아닐까 하고. 먹거리를 준비하고 뒷정리를 하는 데드는 시간과 에너지만 아끼더라도 나는 물론 지구에도 숨쉴 여유가 생길 것 같다고.

미국에서 여성 참정권 운동을 했던 운동가 메리 E. 리스는 당시 여성의 가사 노동 부담을 덜기 위해 '식사 대용 알약'을 개발해야 한다는 아이디어를 냈다고 한다. 마감이 닥치면 그런 알약 하나만 있어도 모든 게 해결될 것 같다는 기분을 자주 느낀다. 알약 하나로 식사를 해결하면 애초에 음식을 포장해 오겠다는 핑계를 대고 외출할 리도 없다. 외출을 하지 않으면 생활인으로서 돌보아야 하는 일도 잠시 차단할 수 있을 것이다. 물론 세탁기, 건

조기, 식기세척기, 로봇청소기를 구비한 집에서도 사람들은 늘 시간이 부족하다고 말하는 것을 보면 기술의 문제가 아니라 사회적 성취에 과도한 의미를 부여하는 분위기가 문제 같지만. 아니, 저기요. 애초에 마감에 쫓기지 않도록 미리 작업을 해 두었으면 되잖아요? 이번엔 직업인 자아가 튀어나와 잔소리를 한다. 정답이다. 뜨겁게 데운 양송이 수프 한 그릇을 옮겨 담고 노트북 앞에 앉았다. 이제 정말 미루지 않고 직업인으로서의 의무만 생각할 것이다. 미루지 않겠다는 말을 이렇게 길게 쓸 시간에 마감을 했다면 좋았을 텐데.

*다행히 약속한 날짜에 원고는 모두 넘겼다.

포기하면 편하다는 말에 대해

〈한식대첩〉을 보다가 '혼돈병'이라는 떡이 나왔을 때 이름을 듣자마자 웃음이 터져 나왔다. 떡고물과 소를 만드는 과정부터 안치는 순서와 찌는 시간까지 단계별로 손도 많이 가고 조리법이 복잡해 사람을 혼란하게 만들어서 혼돈병이라나. '정신 차리고 빚어야 하는 궁중 떡'이라는 말로 소개된 기사도 있을 정도이니 얼마나 복잡한 요리일지 짐작할 만하다. 조리대를 바삐 오가며 그 혼란한 떡을 한 시간 내에 완벽하게 만들어 내는 고수들의 모습에서는 경건함까지 느껴진다. 까다롭기로 악명이 높은 메뉴를 고를 때부터 이미 다른 팀과의 경쟁이 아닌 나와의 싸움을 해 보기로 결의한 게 아닐까. 의미 있다고 믿는 일에 매진하는 사람을 보면 가슴 안쪽에 매달린 낡은 전구에 반짝 빛이 들어오는 것만 같다.

불현듯 선명한 빛을 느끼면 노트북을 켠다. 오래전 시작했으나 끝맺지 못한 이야기를 손볼 때도 있고, 블로그에 일기를 쓰는 날도 있다. 혼란스럽고 산만한 감정을 어설프게나마 정리해 보려고 시도한 글이 글감 폴더에, 비공개 게시판에, 서랍장에 쌓인다. 한때는 쌓이면 뭐라도 되겠지,라고 생각했지만 글은 반죽이나 김치가 아니다. 저장해 두기만 한다고 저절로 부풀거나 맛이 드는 음식이 아닌 것이다. 얼마간 묵혀 두더라도 적당한 시기에 꺼내 제대로 된 맛을 내도록 손을 봐야 한다. 그래도 묵혀 둔다. 아직은 어떻게 손봐야 할지 알 수 없는 상태라는 걸 안다. 조리법이 떠오르는 날 다시 꺼낼 것이다. 조만간 다시 보자. 기약 없는 인사를 남기고 중단 상태인 이야기가 혼돈병의 누런 떡고물처럼 내 앞이마에 누덕누덕 붙어 있다.

이마가 아픈 것 같은 날엔 색다른 수프를 끓인다. 오늘 저녁 메뉴는 애호박 두유 수프. 혼돈병에 비할 바는 아니지만 내 나름대로는 참신한 시도요, 과감한 도전이다. 애호박이란 부쳐서 먹거나 된장찌개에 넣어 먹을 줄만 알았지. 애호박 두유 수프라는 메뉴를 알게 된 날, 도저히 나란히 서 있을 수 없을 것 같은 단어들이 사이좋게 어깨동무를 하고 있어서 얼마나 놀랐던지.

양파를 볶다가 반달 모양으로 얇게 썬 애호박을 넣고 달달 볶아 익혔다. 믹서에 넣고 두유와 함께 갈아 주면 완성. 복잡할 것 하나 없는 간단한 수프다. 간단한 과정과 상반되는 풍부한 맛에 숟가락을 잠시도 가만히 두지 못하고 수프 한 그릇을 앉은 자리에서 빠른 속도로 먹어 치웠다. 나중에는 수프를 끓인 냄비를 통째로 들고 먹다 남은 치아바타 빵으로 닦아 내면서 먹었다.

설거지를 해 버렸네. 먹는 일에 너무 집중한 나머지 이마에는 땀이 맺혔다. 땀까지 뻘뻘 흘려 가면서 맛있게 먹고 나니 그간 무슨 맛있지 모르겠다며 홀대했던 애호박에게 미안해진다. 오늘은 애호박의 매력을 발견한 날, 이만하면 충분하다.

자주 사용하지 않던 재료를 넣어 수프를 끓이고 나면 굉장한 생활의 발견을 해낸 달인처럼 양쪽 어깨가 으쓱 올라간다. 새로운 요리에 도전하는 건 의외로 꽤 위험한 일이다. 재료 준비하려면 돈 들지, 낯선 조리법대로 차근차근 따라 하려면 집중해야 하지, 결과에 대한 모든 책임을 혼자 져야만 하는 1인 가구 입장에서는 간을 볼 때 거의 살 떨리는 초긴장 상태에 다다른다. 맛없으면 눈물을 머금고 먹어야 한단 말이다. 여러 번 해 봐서 손에 익은 메뉴 몇 개를 두고 '돌려 막기'를 하는 편이 따분하기는 해도 안전하다.

복잡하면 위험하다. 단순해야 편안하다. 수프를 끓일 때면 자주 인생의 단면을 본다. 복잡한 수프는 애초에 끓이지 않으면 그만이잖아. 필요한 만큼만 가진 단순한 삶을 위해 미련 없이 회사를 떠났다.

일상의 만족감을 가장 크게 저하시키는 원인을 핀셋으로 콕 집어 뽑아냈을 때는 시원하면서도 아팠다. 마지막 출근 날에는 화장실에서 남몰래 눈물을 흘린 뒤 나와 자리를 정리했는데, 동료가 내 얼굴에 붙은 두루마리 휴지 조각을 떼어 주기도 했다. 삶의 일부, 아니 한동안 전부인 줄 알았던 직업을 견디지 못하고 포기했다는 자책이 얼룩처럼 남아 있었다. 내 발로 걸어 나온 회사인데 후련하기는커녕 일방적으로 이별 통보를 당한 사람처럼 상실감을 느끼고 당황스러웠다.

회사를 정리하기로 결정한 시기에 "포기하면 편하다"는 말이 자주 들렸다. 고민이 많았던 때라 듣고 싶은 말만 골라서 들었던 건지도 모르지만. 내려놓음, 일단 멈춤, 갭 이어… 표현은 달라도 전하고자 하는 메시지는 비슷했다. 불과 몇 년 전까지만 해도 서점에 가면 온통 미쳐야 한다는 주문이 가득했는데 어느 순간 미쳐서 살다가는 큰일 날 수도 있으니 일단 멈춰 서서 호흡을 고르라고 말해 주는 사람이 더 많아지기 시작했다. 이 글을 쓰면서 곰곰이 생각해 보니 나는 미쳐야 한다는 소리가 한창 들리던 해에 취업을 하고 멈춰야 한다던 시기에 사표를 낸 귀 얇은 사람이구나.

짧게는 세 달, 길게는 일 년까지 커리어를 잠시 중단하고 휴식을 취하겠다는 선배, 동료들이 하나둘 늘어났다. 유행이라고 하는 건 일단 해 봐야 직성이 풀리는 사람들이 많이 모인 업계에 몸담았기 때문인지 변화의 흐름이 피부에 와닿았다. 그리고 몇 달 후 어김없이 모두들 제자리로 돌아왔다. 멈췄던 자리에서 다시 시작이었다. 결국 다시 시작하기 위해 멈출 때에만 의미 있는 것 같아 무서웠다. 돌아오기는 싫은데. 함께 일하던 사람들에 대한 애정과 별개로 다시는 복귀하고 싶지 않아 몇 년간 결정을 미루었다. 첫 번째 문장에 마침표를 찍기 위해. 다른 내용으로, 새로운 문장을 시작할 수 있을 때까지.

쉼표를 찍은 뒤 다시 쓸 문장을 정해 두지 않으면 이야기의 흐름은 좀처럼 다른 방향으로 나아갈 수 없다. 그 시절, 포기하면 편하다는 말 뒤에 숨어 사표를 내고 눈물을 흘렸던 건 내가 시작한 첫 번째 문장이 그다지 흡족하지 않은 모양새로 돌연 끝나 버렸다는 갑작스러움 때문이었다. 다시 새로운 문장을 쓸 준비도 해 두지 않고 덜컥 마침표를 찍어 버렸으니, 5년이 아닌 15년을 기다린 결정이었다 해도 "갑자기?"라며 스스로 의아할 수밖에 없었을 것이다. 마침표를 찍긴 찍었는데 엉뚱한 자리에 찍어 버려서 오타처럼 보이게 되었달까.

상실감을 추스르고 두 번째 문장을 시작한 뒤엔 포기하면 편하다는 말에 숨지 않으려고 매일 징그러울 정도로 경계하며 살았다. 정오에 집 앞 카페로 출근해 저녁 6시에 퇴근하는 일과를 반복하며 내가 읽고 싶은 이야기를 썼다. 책을 쓰는 일은 몸과 마음을 스스로 다독이며 '포기하고 싶은 나'를 '포기하고 싶지 않은 나'가 설득해 내야 하는 싸움이었다.

포기하고 싶은 내가 이길 것 같은 순간에 내가 나를 설득하기 위해 취한 방법 중 하나는 프렌치 어니언 수프를 끓이는 것이었다. "갑자기?"라고 생각할 수 있겠지만 나름대로 근거가 있었다.

시작한 일을 중단하지 않고 끝까지 했을 때만 경험할 수 있는 '끝내주는 맛'을 알아 버리고 나면 포기를 망설인다. 복잡하고 어려운 과정을 끝까지 해낸 뒤에 얻어낸 달콤한 프렌치 어니언 수프 한 그릇이 속삭인다. 거봐, 하기를 잘했지? 프렌치 어니언 수프를 끓이는 과정은 꽤 지난하게 느껴진다. 눈물 콧물을 쏙 빼면서 양파 1kg의 껍질을 벗겨 내고 얇게 썰 때 한 번, 설산처럼 수북이 쌓인 양파 더미가 캐러멜 색깔이 될 때까지 오래도록 볶으며 또 한 번, 갈색 덩어리로 변한 양파에 미리 준비한 육수를 붓고 다시 끓이면서 또 한 번 더, 마지막으로 바게트 빵을 썰고 빵 위에 올릴 치즈를 준비하면서, 수프를 끓이며 적어도 네 번은 기권을 선언하고 싶어진다. 포기하고 싶다는 충동을 간신히 누르고 잘 끓인 양파 수프를 그릇에 옮겨 담는다. 그다음 에어프라이어로 익힌 바게트 빵한 조각과 치즈를 수프 위에 올리고 치즈가 녹을 때까지 전자레인지에 돌린다.

전자레인지에서 꺼낸 수프를 마침내 떠먹을 때면 저절로 혼잣말이 튀어나온다. 내가 해냈다! 역시 복잡한 데에는 다 이유가 있다며 흡족한 표정으로 수프 한 그릇을 비운다. 성격이 급해서인지 태세 전환도 참 빠르다. 수프를 끓이면서 포기하는 맛 대신 포기하지 않는 맛을 알아 간다.

평소 자주 끓이는 수프는 우유가 들어가는 포타주다. 양파 반 개를 썰어 버터에 빠르게 볶은 뒤 냉장고에 있는 아무 채소나 넣어 익히고는 믹서에 우유와 함께 갈아 주면 완성되는 비교적 간단한 레시피가 특징이다. 어차피 믹서로 갈아 버리기 때문에 채소도 대충 썰어도 되고,

우유와 버터가 맛을 내기 때문에 육수를 준비할 필요도 없다. 하지만 어떤 재료를 추가해도 비슷한 맛이 난다. 버터와 우유의 비율에 따라 미세하게 맛이 달라지겠지만 우유 맛에서 크게 벗어나지 않는 것이다. 아무리 좋아하는 레시피라 해도 매번 비슷한 맛을 보자 요리의 즐거움이 줄어들었다. 수프를 끓이는 설렘이 사라지고 반복적인 노동만 남았다. 결말을 다 아는 영화를 보는 관객처럼 감흥이 없어졌다.

수프가 먹고 싶을 때마다 프렌치 어니언 수프를 만들 수는 없을 것이다. 여전히 나는 짧은 시간 내에 익숙한 맛을 낼 수 있는 포타주를 더 자주 만든다. 다만 복잡한 과정을 피하지 않고 끝까지 끌어안을 때 느낄 수 있는 즐거움과 쾌락이 있다는 걸 이제는 안다. 그런 쾌락은 쉽게 맛볼 수 있는 게 아니기에 가볍게 날아가지 않는다. 복잡하고 오래 걸린다는 이유로 끓이지 않는 수프가 늘어날수록 즐거움의 범위는 줄어든다. 이 세상 모든 수프를 다 끓여 볼 수는 없겠지만, 새 책을 구상하고 첫 삽을 뜰 때면 새로운 수프를 찾아본다. 복잡하고 어려울수록 좋다. 어차피 당분간 책만 생각하는 단순한 매일을 보낼 텐데, 하루 한 끼 정도는 복잡하게 먹어 봐도 괜찮을 테니까.

인내 끝에 얻게 될 수프 한 그릇은 달다. 이토록 투박한 믿음이 있기에, 오늘도 쓴다.

대도시의 요리법

1.

깨끗하게 세척된 당근이 들어 있는 진공 팩을 가위로 자르며 심란한 마음도 이렇게 산뜻하게 잘라 내고 싶다고 생각했다. 오늘 새벽에 벌어진 어떤 일 때문인데, 사건의 전말은 이러하다.

지난밤 9시, 내일 끓일 수프 재료를 포함한 이것저것을 주문했다. 새벽 배송의 시대엔 전날 밤에 내일 메뉴를 고민하고 편안한 마음으로 숙면을 취할 수 있다. 눈을 뜨자마자 잠옷을 추스르고 화장실도 가기 전에 현관으로 직행했다. 오늘의 양식을 무사히 옮겨 와야 했기 때문이다. 이 순간을 기다리며 열 시간 전에 얼마나 신이 나서 손가락을 바삐 움직여 장을 봤던가. 간밤에 배가 고파 냉동실에 있는 빵을 먹고 싶었지만 주린 배를 움켜쥐고 참았다. 내일 아침 겸 점심으로 따끈한 수프 한 그릇을 만들어 호로록 먹어 버리려고. 그런데 예쁘게 발려 있어야 하는 테이프가 어지럽게 뜯겨 있는 게 아닌가!

처음엔 도난 사건인 줄 알았다. 뜯긴 상자를 들어 올리는데 노란 포스트잇이 팔랑이며 바닥에 떨어졌다. 동글동글 귀여운 손글씨로 눌러쓴 포스트잇의 내용을 요약하자면 물건이 뒤바뀌어 잘못 배송되었는데, 업체에서 처리하는 데 시간이 많이 걸려 본인이 직접 와서 상자를 교체해 간다는 내용이었다. 마치 세 줄 요약의 달인처럼 짧지만 명료하게 상황을 정리한 예의 바른 쪽지에 날카롭던 마음도 스르륵 풀렸다.

배송 업체에서도 새벽의 소란을 설명한 장문의 메시지가 도착해 있었다. 고객님께서 주문하신 물품이 배송 기사님 실수로 다른 고객님께 갔고, 고객님께서 직접 상자를 교환하기로 한 상황이며… 메시지 하나에 '고객님'이란 단어만 몇 번이 들어갔는지, 숨은그림찾기를 할 때처럼 눈을 가느다랗게 뜨고 어느 고객님이 나란 고객님을 지칭하고 있는지 공을 들여 독해를 해야만 했다. 어쨌거나 두 고객님 모두에게 죄송하다고 사과하는 내용. 같은 내용의 메시지를 오늘 새벽 배송을 담당했다는 기사님에게도 받았다. 기계적으로 작성한 듯한 정중한 메시지를 읽는 동안 어쩐지 등에서 식은땀이 흘러내릴 때처럼 서늘해졌다.

지난밤 내가 팔자 좋게 코 골며 자는 사이에 벌어진 오배송 사건으로 대체 몇 사람이 진땀 흘리며 고생을 했단 말인가. 잘못 배달된 물건을 받고 놀란 사람, 잘못 배달했다는 걸 알고 놀란 사람, 이 모든 상황을 접수하고 새벽에 장문의 사과문을 깔끔하게 작성한 뒤 전송한 사람까지. 최소한 세 명이 뒤바뀐 택배 상자 하나 때문에 부산한 새벽을 보냈다. 처음엔 물건이 잘못 와서 짜증이 났던 경험이 떠올랐다. 그러나 나는 실수를 저지르고 쩔쩔매며 사과를 하던 사람이기도 했고, 다른 사람의 실수를 대신 사과하고 대안을 제시하는 역할을 했던 사람이기도 하다. 세 사람의 입장을 경험했던 기억이 순서대로 떠오르자 어느 한쪽 편에 서지 못하고 '저게 뭐라고 새벽부터 받겠다고 했나…' 싶어 묵직한 택배 상자 무게만큼의 책임을 통감하게 되었다. 혼내는 사람도 없는데 아침부터 혼쭐난 기분으로 식사를 준비했다.

　　세척 당근을 흐르는 물에 씻어 깍둑썰기 했다. 흙당근을 샀을 때에 비하면 다듬는 과정이 훨씬 줄어들었다. 티끌 없이 말끔하게 손질된 세척 당근이 내 도마 위에 올라오기까지 누군가 내가 거부한 노동을 대신 해야만 할 것이다. 타인의 노동과 내 편의를 맞바꾸는 형태로 살아가고 있다는 불편한 진실은 부인할 수 없다.

　　2.
　　"내가 쓰레기인지 숨만 쉬어도 쓰레기가 나오던데?"

팬데믹 이후 가끔 친구들을 만나면 자조적으로 쓰레기에 대한 고민을 나누었다. 현관에 발 디딜 틈이 없을 정도로 쓰레기가 빠르게 빠른 속도로 쌓였다. 약속을 취소하고 외출도 자제하자 브레이크가 고장 난 자동차처럼 결제 버튼을 눌렀기 때문이다. 평소 한 달에 8만 원 정도 나오던 교통비는 만 원대로 뚝 떨어졌지만 카드값은 이십만 원 이상 늘었다. 집 앞에 쓰레기를 내놓을 때마다 이제 그만 좀 시키자고 다짐은 여러 번 했지만… 차라리 말을 말자.

심란하고 불편한 마음과는 별개로 늦은 밤 온라인으로 장을 보고 새벽에 받아 보는 패턴은 여전했다. 덕분에 사람 한 명만 서 있어도 꽉 차는 내 귀여운 현관에는 골판지 상자와 플라스틱 용기로 가득 차서 한가할 새가 없다. 꼭 아파트 단지에서 분리수거를 하는 장소처럼 너저분한 현관에서 플라스틱 덩어리가 나를 집어삼킬 것처럼 몸집을 불린다.

"어쩔 수 없어. 난 그냥 내가 쓰레기라는 사실을 인정했어. 퇴근하면 손 하나 까딱하기 싫더라."

과감하게 쓰레기가 되겠다며 선언한 친구들은 대부분 낮 시간에 체력과 집중력이 소진되는 일을 해야 하는 직장인이었다. 출퇴근을 해야 하는 일을 하는 것도 아닌, 풀타임으로 일하지도 않는 나는 왜 쓰레기를 끊어 내지 못하고 쓰레기와 더불어 살아가는가 의문이었다. 시간이 부족한 것도 아닌데, 대체 왜? 시간을 벌기 위해 직업까지 바꾸었는데, 어렵게 번 시간을 어디에 쏟느라 새벽배송에 의존하는지 의구심이 들었다. 나의 하루에만 시간을 잡아먹는 블랙홀이 깔때기처럼 달려 있는 걸까. 무얼하느라 감자 한 알, 당근 하나 다듬는 시간이 아깝다는건지. 시무룩한 기분으로 친구들과 헤어지고 돌아오는 길에 또 앱을 열어 장바구니에 음식을 담았다.

3.

대도시의 렌틸콩 수프 조리법: 바닥이 넓고 두꺼운 팬에 스페인산 올리브오일을 1큰술 두르고 약불로 가열한다. 국내산 양파 큰 것 하나와 수입산 릭을 얇게 썰어 넣고 양파가 투명하게 익을 때까지 볶는다. 으깬 중국산 마늘과 미국에서 온 베이컨을 추가한 뒤 중불에서 3분간 더 볶는다. 여기에 얇게 썬 국내산 당근과 셀러리를 넣고 2~3분간 다른 재료와 잘 섞으며 볶는다. 마지막으로 이탈리아산 렌틸콩 통조림을 따서 넣고 섞은 다음 파키스탄

산 강황 분말을 1/2작은술 넣는다. 독일산 야채스톡 큐브를 넣고 물을 1.25L 붓는다. 뚜껑을 닫고 약불에서 약 30분간 계속 끓인다.

서울에서 수프를 끓이기 위해 필요한 재료들은 지역이 아닌 대륙을 횡단하고, 바다와 하늘을 건너 공급된다. 수프 한 그릇에 필요한 재료를 운반하기 위해 들인 시간과 그 시간 동안 운반 수단이 배출한 탄소의 양을 생각한다. 냉장고에는 여전히 국내 각지에서 가락시장으로 올라온 신선 채소와 수입산 채소, 국경을 건넌 가공식품까지 대형 마트를 누빈 카트처럼 가득 담겨 있다. 쌓인 음식을 해치우기도 전에 다시 농산물 세일 광고를 보고 양파와 파, 감자를 담다가 팔뚝에 소름이 돋았다. 광고가 하필 지금 이 순간 눈에 띈 건 우연이 아니라는 생각이 스쳐 지나갔다.

한 세계적인 유통업체의 물류 창고에는 수령인이 적히지 않은 택배 상자가 쌓여 있다고 한다. 회원의 주문 이력을 참고해 구매 확률이 높은 물건을 미리 포장해서 창고에 쌓아 두면 주문이 들어오는 순간 즉시 배송할 수 있어 효율적인 대응이 가능하다. 그러니까 유통사가 나보다 먼저 내가 어떤 물건을 구매할지 알고 있다는 것이다. '설마 그렇게까지?'라며 무심결에 읽었던 칼럼 내용이 생각나면서 두려움을 느꼈다.

광고회사에서 일할 때 구매 패턴을 분석해 소비자가 관심을 보일 법한 광고를 적재적소에 보여 주는 일에 일조한 적이 있으면서도 순진하게도 나한테는 관심이 없겠지,라며 방구석에서 주기적으로 주문 버튼을 누르고 꼬박꼬박 도착하는 세일 광고에 반응했다. 광고가 이끄는 대로 착실하게 반응하는 동안 내가 자주 구매하는 음식과 선호하는 물품, 쇼핑 주기는 물론, 가구원 수, 생리 주기를 포함한 건강 상태까지 충분히 유추할 수 있는 데이터가 쌓였다는 게 분명해 보였다. 고객 데이터란 이름으로 줄줄줄 샌 나란 사람의 개인 정보가 다음 시즌 어느 유통사 마케팅 전략기획실에서 '30대 1인 가구 여성'의 지갑을 열기 위한 일을 벌일 때 근거로 활용되겠지.

그날 밤 자주 사용하던 앱 하나를 지웠다. 손에 잘 닿지 않는 서랍장에 넣어 둔 장바구니를 꺼내 집에서 가장 잘 보이는 곳에 걸어 두었다. 생산자가 직접 수확한 채소를 판매하는 직거래 시장을 찾아 공식 계정을 친구 추가하고 알림 설정했다. 집에서 일을 하다 저녁에 퇴근을 하면 장바구니를 챙겨 집 근처에 있는 식료품점으로 나간다. 빈 장바구니 하나를 어깨에 메고 경의선숲길을 걷다가 가방을 두둑하게 채워 집에 돌아오면 출퇴근의 경계가 없는 일상에도 구분이 생긴다. 먹거리를 잔뜩 넣어 들고 오니 기념일처럼 퇴근을 축하하는 선물을 사 온 것만 같다.

　　새벽 배송으로 세척 당근과 한 끼 감자를 사서 수프를 끓이는 편익은 눈앞에 놓인 택배 상자처럼 가깝다. 옷을 챙겨 입고 바깥에 나가 장을 봐 오는 일은 우리 집과 슈퍼 사이의 거리만큼이나 멀게 느껴진다. 슈퍼까지 가는 길이 멀다 느껴질 때면 그간 새벽같이 내 방문 앞에 먹거리를 놓고 간 사람들의 발자국만큼만 걸어 보자고 마음을 다잡는다. "안녕하십니까 고객님"으로 시작되는 아침 인사를 받았던 날들만큼만, 딱 그만큼이라도 당분간 더 걸어 보자. 아직 덜 걸었다.

전업 작가가 된다는 건 식당을 여는 일이다.
내가 먹기 위해서가 아니라 손님을 먹이기 위해,
요리를 할 기분이 아니더라도
맛있는 수프를 기복 없이 끓여
정시에 내놓는 일이다.

직업인으로서 글쓰기를 하려면
하고 싶은 말이 없을 때에도 쓸 수 있어야 한다.
내킬 때만 쓰려면 직업이 아닌 취미로 쓰는 게 낫다.

레시피 유목민의 실험기

요리를 할 때는 실패를 상상하고 싶지 않다. 요리에 실패하는 순간 식사의 즐거움이 사라진다. 시리얼이나 요거트로 간단히 때우는 아침을 제외하면 하루 두 끼밖에 먹지 못하는데 그중 한 번의 기회를 날려 버리면 하루의 반절은 허탈한 기분으로 보내야 한다. 아쉬운 식사가 남긴 씁쓸한 뒷맛을 지우기 위한 다음 기회까지 다섯 시간. 그나마 점심을 망치면 낫지, 저녁 식사를 망쳐 버리면 열 시간 이상은 견뎌야 우울해진 기분을 달랠 수 있다.

예전에는 이대로 잠들 수 없다며 야식을 준비했지만 지금은 안다. 아무리 아쉬운 식사를 했어도 음식을 자연으로 고스란히 돌려보내지 않은 이상 활동량에 비해 충분히 많은 열량을 섭취했으며 지금부터 공복을 유지해야 속이 부대끼지 않는다는 걸. 식욕을 채우면 숙면을 취하지 못해 다음 날 졸린 눈을 비비다가 하루가 다 가 버릴 테니 다음 날 첫 끼니때가 올 때까지 기다린다.

이렇듯 엄격한(?) 규칙에 따라 식사는 꼭 때에 맞춰 챙겨 먹다 보니 실패 없는 레시피, 내 입맛에 꼭 맞는 레시피를 찾아내느라 공을 들인다. 맛없는 음식으로 한 끼를 때우면 첫 단추를 잘못 꿴 느낌 때문에 온종일 기운이 나지 않는 사람이 나뿐만은 아닐 거라고 믿고 싶다. 맛있는 음식 한 끼가 주는 강력한 힘을 아는 사람들은 요리를 하게 된다. 점심 저녁으로 먹고 싶은 음식을 그때그때 사다 먹으면 곧 신용불량자가 될지도 모른다는 오싹한 예감이 들기 때문이다. 소금, 설탕, 양조간장, 국간장, 참기름, 깨, 굴소스 등 양념을 구비하는 첫 관문만 통과하면 생각보다 요리는 재미있다. 오늘은 오랜만에 냉동실에 보관해둔 콩을 듬뿍 넣은 수프를 끓여 볼까? 메뉴를 정한 다음엔 선생님을 찾아가야 한다.

블로그와 유튜브, 인스타그램, 트위터까지. 그간 인플루언서 선생님들이 둥지를 틀고 소통할 만한 플랫폼이란 플랫폼은 다 쫓아다니며 레시피를 찾아다녔다. 이제는 조리법이 기억나지 않을 때면 메뉴별로 입맛에 맞는 요리 선생님을 찾아갈 수 있을 정도로 데이터가 쌓였지만 수프 레시피만큼은 여전히 한 선생님께 정착하지 못하고 유목민처럼 여기저기 기웃대는 중이다. 양파와 버터, 우유만 있으면 되는 포타주나 토마토를 베이스로 한 수프는 선생님 없어도 알아서 척척 끓일 수 있지만 색다른 수프를 시도해 보고 싶을 때면 여전히 어떤 분을 찾아뵈어야 할지 몰라 레시피 여러 개를 띄워 두고 비교한다. 오늘의 레시피를 고르는 기준은 하나, 우리 집에 있는 재료와 가장 비슷하면서, 둘, 요리 도중에 확인하기가 용이한가, 이렇게 딱 두 가지다.

점심 저녁으로 자주 찾아뵙는 수많은 선생님이 계시지만 아쉽게도 이 두 가지 요건을 동시에 만족시키는 선생님은 아직 만나지 못했다. 일단 수프란 요리가 기본적으로 국내에서 일상적으로 사용하는 재료만으로 맛을 내기가 어려운 요리인 만큼, 양식 조리법을 자주 올리는 인플루언서들은 재료 목록부터 친숙하지 않은 이름이 불쑥불쑥 튀어나올 수밖에 없다. 월계수나 민트, 로즈마리 같은 허브는 기본 중의 기본이요, 이름도 어려운 터메릭 가루 같은 단어가 여러 개 보이면 '감히 제가 어떻게…'라는 소심한 마음이 되어 뒤로가기 버튼을 누른다.

수프와 파스타, 샐러드 같은 양식 위주로 다루는 선생님들보다 집밥을 주로 하시는 선생님들의 강의실을 두드리면 낯선 재료로 인한 두려움은 줄어들지만 요리를 하면서 작은 휴대폰 화면을 수시로 확인해야 한다는 어려움은 같다. 한번 보면 다 외워 버리는 뛰어난 두뇌의 소유자가 아닌 이상 레시피는 요리를 하는 도중 언제라도 열람할 수 있어야 한다. 어떤 재료부터 볶아야 하는지, 양념의 비율은 어떻게 되는지, 볶는 순서는 어떤지. 재료 다듬기부터 시작해 요리가 진행되는 과정마다 찾아보기 편하게 정리된 레시피가 좋다. 요리 과정을 담은 아름다운 사진과 영상미도 좋지만 위아래로 스크롤을 한참 움직이고 좌우로 재생 바를 이동해 가며 필요한 부분을 다시 찾아가야 하는 번거로움이 크면 요리를 하는 동안 진이 빠진다. 이게 다 블로그 상위 노출과 유튜브 4천 시간 재생의 벽 때문이겠지요, 나의 든든한 랜선 선생님들께서 공들여 정리한 레시피가 아쉽다는 건 아닙니다.

스크롤과 영상 재생 바를 조정하며 확인하기 번거로워서 트위터를 이용해 본 적도 있지만 트위터는 검색 기능이 불편했다. 그때그때 메뉴에 따라 레시피를 조달해야 하는 나에겐 맞지 않는 플랫폼이었다. 돌고 돌아 검색 기반의 블로그에 정착했다. 마음에 드는 레시피는 중요한 부분만 캡처해서 스크랩을 한다.

혼자 서 있는 부엌에서 가끔 함께 요리하는 기분을 느끼고 싶을 때는 유튜브로 넘어간다. 유튜브의 장점은 영상을 틀어 두면 함께하고 있다는 착각에 빠질 수 있다는 거다. 공통된 경험을 하고 있다는 착각이 필요한 날엔 영상을 보면서 요리한다. 요약하자면 레시피를 도구로 이용하고 싶은 날엔 블로그를, 요리하는 시간에 감성을 더하고 싶은 날엔 아름다운 비주얼이 돋보이는 유튜브를 찾아가는 것이다.

레시피를 찾아 애플리케이션을 떠도는 유목민 생활이 마무리되나 싶던 와중에 요리책이란 변수가 끼어들었다. 내가 요리책을 사다니! 요리책만큼은 절대 사지 않을 줄 알았다. 한식부터 중식, 일식, 양식까지 화려한 컬러로 된 요리책을 사 모으던 엄마를 보면서 집에서 해 먹지도 않을 음식의 조리법을 왜 굳이 모으고 또 모으는가 의아했다. 엄마, 미안. 요리책에 매료되고 엄마의 소비를 이해할 수 있었다. 엄마는 돈을 주고 조리법이 아닌 미래를 산 것이다. 약간의 돈만 지불하면 언젠가 내가 만들어 낼 이상적인 식탁을 손아귀에 넣을 수 있다. 요즘엔 나도 돈을 들여 책장 안에 (언제 올지 모르는) 미래를 차곡차곡 쌓아 두고 있다.

요리책은 실용서라기보다 작품에 가깝다. 완성된 요리가 감도 높은 필름과 만나는 순간 그 사진은 곧 어릴 적 내 방에 붙여 두었던 신화 브로마이드처럼 소유에서 오는 만족감을 느끼게 한다. 다양한 착장과 배열로 찍힌 사진을 종류별로 붙여 두는 것으로 소유의 모든 단계를 격파한 듯한 '레벨 업'의 뿌듯함을 느꼈던 시절처럼 이제는 그 대상이 남성 아이돌 그룹에서 수프, 크게는 음식이라는 범주로 옮겨 갔다.

여느 책과 비슷하게 사는 속도가 읽는 속도를 따라가진 못하고 있기에 레시피를 따라 해 본 요리는 손에 꼽는다. 그래도 몇 번의 경험을 통해 요리책만의 장점을 발견했다. 그간 SNS에서 검색을 통해 얻은 정보들은 한 끼만 해 먹고 나면 흔적도 없이 날아가 버렸다. 저장을 해도 그때뿐이었다. 심지어 어떤 레시피를 저장했는지조차 깜빡하는 바람에 같은 메뉴를 여러 번 검색한 적도 많다.

스마트폰 액정 너머로 알게 된 대부분의 정보는 저장소가 일원화되어 있지 않아 정보를 하나의 맥락으로 연결하기가 까다롭다. 까다롭기 때문에 결국 연결하지 못하고 깜빡하는 경우가 많다. 사실 요리 레시피란 하나를 외워 두면 비슷하게 응용할 수 있는 요리가 많기 때문에 응용을 잘하면 매번 수고스럽게 레시피를 찾아보지 않을 수 있다. 그러나 SNS에서 그때그때 찾아낸 레시피는 토막이 난 채 각기 다른 폴더에 정보가 저장되어 비슷한 계열의 요리를 만들 때도 통 기억이 나지 않는다. 제육볶음을 자주 해 먹어도 두부 두루치기 양념을 또 찾아봐야 하는 상황이랄까.

　나처럼 응용하는 능력이 뛰어나지 않은 사람에겐 주제별로 여러 개의 레시피가 한 권 안에 정리된 요리책이 요긴하다. 책으로 정리된 레시피를 읽다 보면 반복되는 조리법이 보인다. 채소를 익히는 순서라든가 밑간을 할 때 적당한 양념의 양, 잘 어울리는 채소와 양념의 조합에 대해서도 인터넷에서 필요할 때마다 레시피를 검색할 때보다 더 정확하고 빠르게 공통점을 파악할 수 있다. 공통적인 조리법을 바탕으로 응용을 하면 레시피 없는 요리도 가능해진다.

　채식 지향 생활을 시작하고 육수를 멀리하면서 콩소메처럼 고기 뼈를 푹 고아 육수를 우려내는 종류의 수프를 끓이는 대신 표고버섯과 다시마, 양배추로 국물을 낸 수프를 끓이기 시작했다. 빨간 양념을 한 간이 센 음식을 먹으면 속이 좋지 않아 삼삼한 집밥을 해 먹기 위해 교토 가정식 요리책을 샀을 때부터 시작한 조리법이다. 책에서 소개한 국물 요리의 레시피마다 빠지지 않는 재료가 표고버섯과 다시마였다. 거기에 쌈 싸 먹으려고 사 두었던 양배추를 썰어 넣었더니 배추의 달콤한 맛과 표고버섯의 깊은 맛, 다시마의 감칠맛이 더해져 어디에 넣어도 맛의 깊이를 더해 주는 좋은 기본 재료가 되었다.

소금으로만 간을 해도 그 자체로 맛있는 수프 한 그릇이 되고, 건더기를 후루룩 건져 먹은 뒤 맑은 국물에 시금치나 근대 같은 푸른 잎 채소를 넣고 된장 한 스푼만 풀어 넣으면 한식 집밥을 완성하는 국물 요리가 되고, 어묵과 청경채를 넣으면 술안주가 되기도 한다. 고기나 육수용 스톡 없이도 아쉽지 않은 수프 한 그릇이 필요할 때 구하기 쉬운 저렴한 재료로 끓일 수 있어 좋다. 단점이라면 수프 이름이 없다는 것? 수프는 재료 이름을 따서 작명하면 그만이니 표고버섯 양배추 수프라고 부른다.

요리책의 또 다른 장점은 메뉴 고민을 덜어 준다는 것이다. 매일 뭘 먹을지 고민하는 것도 일이어서 누군가 정해 주었으면 할 때가 있다. 분위기와 상황에 따라 큐레이션을 해 주는 음악 서비스와 알고리즘이 파악해 준 내 취향에 덥석 이끌려 가는 세상이라고 해도 아직 오늘의 메뉴를 만족스럽게 제시하는 서비스는 찾지 못했다. 매일 쓸데없이 성실하게 메뉴를 고르는 편이지만, 새로운 음식을 먹고 싶은데 아는 요리가 없다 싶을 때면 책을 펼친다. 종류별로 단정하게 나열된 요리책의 목차는 훌륭한 메뉴

판이다. 윤택하게 반짝이는 빳빳한 종이에 인쇄된 아름다운 수프 한 그릇을 바라보다 침이 고여서 레시피를 살펴보는데 순무와 파스닙, 체다치즈 같은 지금 우리 집 주방에 없는 재료가 나오면 김이 빠지긴 하지만. 이럴 때는 포털을 열어 검색을 해야 한다. 난이도 하의 레시피를 찾기 위해.

좋은 요리책을 차곡차곡 쌓아 둔다고 해서 괜찮은 레시피를 찾기 위한 여정이 끝나지는 않았다. 요즘엔 요리책으로 오늘 뭐 먹을지에 대한 아이디어를 얻어 메뉴를 정하면 블로그와 유튜브에 검색해서 구비된 재료와 최대한 일치하는 레시피를 선택한다. 그렇게 끓인 수프를 먹으면서 인스타그램을 보다가 눈길을 사로잡는 요리책 광고가 보이면 장바구니에 넣는… 잠깐, 예전이랑 뭐가 다르지? 지금 내 냉장고 상황에 적합한 메뉴와 레시피를 누군가 큐레이션 해서 보내 주는 서비스가 출시된다면 과연 월 구독료는 얼마까지 지불할 수 있을까 가늠해 보는 쓸데없이 분석적인 오늘.

다운그레이드의 대가와
업그레이드를 위한 레시피

수프를 끓이는 과정을 영상으로 담았다. 카메라를 설치해 두고 도마 위에서 재료를 다듬는 과정부터 촬영했다. 휴대폰에 담긴 영상을 하나씩 확인한 후에 조용히 영상을 삭제하고 생각했다. 아, 이번 주도 망했네. 이번 브이로그의 소재를 바꾸기로 하고 부랴부랴 일단 바깥으로 나가기로 했다.

이러다 전 국민이 유튜버가 될 것 같다는 생각이 들 때쯤 나도 유튜브 채널을 개설했다. 그야말로 남들이 다 하던 시기였으니 유행 따라 시작했다는 혐의는 벗을 수 없을 것이다. 아마 혼자였다면 하지 않았을 것이다. 친하게 지내던 동료들과 함께 채널을 개설하고, 서로 안부를 확인할 겸 돌아가면서 매주 월요일에 브이로그를 올리기로 했다. 학창 시절 단짝 친구와 교환일기를 쓰던 때로 되돌아간 것 같았다. 자주 만나지 못해도 서로의 소소한 일상을 영상으로 확인하며 연결감을 느낄 수 있다는 점이 좋았다. 우리만의 공간에서 소곤대던 시절처럼, 좋아하는 동료들과 공유하는 아지트 하나를 짓는 거라고 생각했다. 어릴 때 공책에 글로 쓰던 내용을 영상으로 만들어 유튜브에 올릴 뿐이다. 일기 쓰듯 편하게 할 수 있다고, 철석같이 믿었다.

첫 번째 브이로그를 만들자마자 그렇게 편하게 생각할 일이 아니라는 사실을 깨달았다. 게다가 누구나 볼 수 있는 유튜브라는 플랫폼은 더더욱. 영상 제작은 곧 시선을 잡아 둘 만한 그림을 만드는 일이다. 아름다운 순간을 음미하는 대신 카메라를 꺼내 들고 예리하게 포착하는 부지런함과 순발력도 필요하다. 좋은 순간을 카메라 안에 가두는 대신 나만 아는 기억으로 독점하고 싶은 이기적인 사람에겐 특히 어울리지 않는 일이다. 나는 좋은 풍경을 나만 아는 서랍 속에만 저장해 두고 싶다는 이기심으로는 뒤지지 않는 사람이다.

수프를 끓이다가 찍은 영상을 보면서 좌절했다. 구독하고 있던 요리 유튜버들에게 저절로 선생님이라는 말이 나왔다. 밋밋하고 평평한 일상에 입체감을 주기 위해서 시작한 브이로그인데, 정작 영상 안의 토막 난 채소와 그릇에 담긴 묽은 수프는 굴곡 없는 평면에 불과했다. 만약 이 영상을 올린다면 완성된 수프 그릇 밑에 '실물미남' 이니 '실물미녀'니 하는 자막이라도 붙여 영상이 실제보다 못하다는 사실을 알려야만 했다. 필터를 입힌 상태로 촬영해 보아도 결과는 비슷했다. 보통 실제보다 지나치게 아름답게 나온 사진이나 영상을 두고 실물을 왜곡한다고 표현하는데, 내 경우엔 정확히 그 반대였다. 이 먹음직스러운 토마토 홍합 스튜를 이렇게밖에 찍지 못하다니! 영상이 아닌 사진으로도 찍어 봤지만 마찬가지였다. 인정해야했다. 나는 제아무리 아름다운 사물도 평범 이하로 떨어트리고 마는 다운그레이드의 대가, 시쳇말로 똥손이었던것이다.

형태와 구도를 무시한 결과물로 나를 놀래 주는 또 다른 다운그레이드의 대가를 만나 토론을 했다. 우리가 찍으면 왜 이 모양일까? 내가 수프를 찍은 영상을 보여주었다. 아름다움을 무력하게 만드는 다운그레이드의 대가들은 영상을 진지하게 분석하기 시작했다.

"아이폰을 사."

친구의 결론은 명료했다.

"응? 갤럭시라서 그렇다고?"

친구가 테이블에 놓아둔 휴대폰의 사과 모양이 반짝였다. 장비를 바꿔서 문제가 해결된다면 바꾸지 못할것도 없지만, 미쉐린 가이드에 소개된 파인 다이닝 레스토랑의 요리도 소박하게 만들어 버리는 친구의 휴대폰 또한 아이폰이었다. 의심스러웠지만 '사진은 아이폰'이라는친구의 신념에 홀라당 넘어가 버렸고 얼마 지나지 않아 사과 모양의 박스를 들고 집에 왔다.

　　그리고 다운그레이드의 대가는 업그레이드의 대가
가 되었답니다,라고 행복한 결말로 끝이 나면 얼마나 좋았
을까. 동료들과 브이로그를 올리기 시작한 지 1년이 다 되
어 가는 지금까지도 사진과 영상의 영역은 여전히 나에게
수수께끼로 남아 있다. 그런데 어떻게 계속하느냐고? 영상
으로 무언가를 이루겠다거나 무엇이 되겠다는 욕심을 내
려놓았기 때문이다. 욕심이 있었다면 아마도 중단했을 것
이다. 눈으로 본 아름다운 것들이 내가 만든 영상 안에서
는 매력을 잃는 걸 실시간으로 확인하는 일은 아무래도
괴롭다. 일상에 자기만의 독특한 필터를 입히는 방법을
아는 재주 많은 사람들의 브이로그를 볼 때마다 질투가
나서 끙끙거린다.

　　나조차 믿기지 않지만 한때 디지털 세계의 사진이
나 영상을 만들 때 디렉팅씩이나 하는 광고물 제작의 담
당자로 일을 했었다. 지금 생각해도 황당한 일이다. 누가
누구에게 방향을 지시한단 말인가. 촬영과 편집의 영역은
전문가에게 의지하긴 했지만. 하필이면 좋은 사진과 영상
을 뚝딱뚝딱 뽑아내는 전문가들과 5년이나 일을 하는 바

람에 능력은 없으면서 눈만 높아졌다. 높아진 눈에 비해 미감은 예민하지 않아 경력이 무색할 정도로 보기 좋은 그림을 만드는 일엔 자신이 없다.

읽기 좋은 글을 쓰는 일과 보기 좋은 그림을 만드는 일은 동시에 잘할 수 없는 것 같다. 시선이 완전히 반대로 바뀌어야 하기 때문이다. 글을 쓸 때는 시선이 안으로 향한다. 나를 향한 질문이 먼저다. 질문을 통해 내가 무슨 생각을 하는지 파악하려고 애쓴다. 영상을 찍을 땐 안이 아닌 바깥으로 시선을 돌려야 한다. 전면 카메라로 내 얼굴을 반복해서 찍어 백여 장의 셀피 중에서 한 장의 사진을 건져 내는 일이 글쓰기라면, 후면 카메라를 통해 카메라 너머에 존재하는 타인을 조망하는 일이 사진 촬영, 영상 제작이랄까. 이렇게 쓰고 보니 글 쓰는 사람들을 매일 자기 얼굴을 들여다보며 만족하는 비대한 자아를 지닌 사람으로 매도한 것 같은데, 아니라고 말하진 못하겠다.

영상을 만들고 사진을 찍으며 느끼는 건 한번 다운그레이드된 소스로는 아무리 편집을 잘하더라도 업그레이드된 결과물을 만들기 어렵다는 사실이다. 피사체를 업그레이드된 상태로 담아내기 위해 필요한 노력을 아끼지 않는 사람들을 보면 마냥 동경하게 된다. 동네 책방에서 만나 친하게 지내게 된 다랑(일러스트레이터)은 평범한 사물에서 아름다움을 포착하는 능력이 탁월한 동료다. 다랑과 만나면 나는 자주 눈이 휘둥그레진 채 "같은 공간에 있는 거 맞아요?"라고 말하는데, 그녀가 찍은 사진이 도저히 내가 있는 자리라고 믿기지 않을 때가 있어서다.

한번은 인스타그램에서 유명한 사진전을 같이 보러 갔다. 사진전이 열린 여름에 어울리는 시원한 색감의 사진이 많았다. 스페인을 비롯한 유럽 지역과 미국, 두바이까지. 팬데믹 시대에 여행에 대한 향수를 자극하는 것도 인기 요인 같았다. 사람이 많아 사진 하나하나를 눈에 담기가 어려워서 꼭 틴더에서 프로필을 빠른 눈으로 확인하고 손가락으로 화면을 넘기듯 평소 대비 빠른 속도로 감상을 마쳐야 했다. 좋은 사진을 기억하고 싶어서 휴대폰으로 촬영을 해 봤지만 역시 실물이 나았다.

영롱하게 빛나던 오렌지빛 건물이 말린 북어 같아 보이는 기적의 다운그레이드를 경험하고 조용히 다랑을 관찰했다. 초점을 맞추고 손가락으로 밝기를 신중하게 조정하면서 뜸을 들인 다음 마침내 촬영…인 줄 알았는데 지나가던 사람이 프레임 안으로 들어왔다. 한 번의 실패

후 다랑은 사람이 옆으로 지나갈 때까지 끈기 있게 기다렸다. 사람이 지나가자 그제야 셔터를 찰칵 눌렀다. 그러니까 그녀는 관람객이 많아 부산한 가운데에서도 집중력을 발휘해 빛, 사물과 나와의 거리, 주변 요소를 고려하고 최적의 상태에 놓일 때까지 기다리는 사람이었다. 업그레이드의 대가에게 훔친 비법이란 이토록 단순한 것이었다. 마음에 차는 사진이 나올 때까지 할 수 있는 노력을 다하는 것 말이다. 붐비는 전시장을 나오며 내가 그런 노력을 기울일 수 있는 사람인가 하는 질문이 남았다.

판타지라는 이름의 필터를 입힌 것처럼 강한 환상을 자극하는 사진전을 본 다음 날 지금껏 내가 만들고 올린 영상을 보았다. 밖으로 나가 길거리를 찍거나 나무 몇 그루를 담기도 했고, 심지어 어떤 날엔 촬영을 할 엄두가 나지 않아 사진만 깔아 두고 십오 분간 음성만 나오는 영상을 올리기도 했다. 그나마 내가 보기엔 필터를 씌웠다고 생각한 영상도 누군가에겐 날것이나 마찬가지일 것 같았다. 프로페셔널 사진가와 나를 동일 선상에 두고 비교한 건 아니지만 내가 필터를 입힌다고 애를 쓸수록 영상은 정작 나의 일상과 분리되고 있었다. 사물이 실제보다 못났다는 말로 애써 촬영한 영상을 업로드하지 않고 삭

제한 행동은 사실 나의 일상이 이상에 미치지 못한다고 생각한 결과였다. 누구나 디지털 세계에서는 일상을 편집하고 보정해서 원하는 대로 보여 주기 마련이지만 바로 그런 이중성에 극심한 피로를 느껴 광고업계를 탈출한 사람이 바로 나 아닌가.

누군가 좋아하는 스타일의 글을 물어보면 항상 완벽한 미문보다 틈새가 있는 투박한 글을 사랑한다고 말해 왔다. 작품이 아닌 작품 뒤에 있는 사람이 궁금해지는 글을 좋아한다. 어딘가 허술해 보이는 틈새가 있는 사람에게서 호기심을 느낀다. 단점이 전혀 없는 작품보다 아쉬운 점이 있어도 단 하나의 엄청난 장점이 도드라지는 작품을 만났을 때 짜릿하다. 아름답게 가공한 보석 무더기 속에서 유독 반질반질해 보이는 조약돌 하나를 줍는 심정으로 그런 것들은 나만 아는 보관함에 넣어 둔다.

어제 작고 낡은 냄비에 버섯 크림 수프를 데우는 짧은 영상을 촬영했다. 빛이 많이 번지고, 수프를 데우며 냄비에서 모락모락 피어오르는 김이 렌즈에 서려서 화면이 뿌옇게 변하기도 했다. 아무리 긍정적으로 바라보고 싶어도 여전히 부족한 그림이라는 생각만 든다. 그래도 카메라 바깥에서 먹었던 수프의 맛을 기억한다. 버섯을 내 취향대로 양껏 썰어 넣고 마지막에 체다치즈를 추가해 풍미를 더한 버섯 크림 수프의 레시피만큼은 업그레이드 그 자체였으니까. 수프의 레시피만큼은 끓이면 끓일수록 내 입맛에 맞추어 꾸준히 업그레이드되는 중이니까. 그림 밖에 있는 사물의 진실한 아름다움은 나만 아는 비밀로 남겨 두었을 때 뿌듯한 법이니까. 아무래도 영상을 찍으면 찍을수록 비밀만 늘어날 것 같다만, 별수 없지.

버섯 크림 수프를 끓이는 과정을 촬영한 영상은 아직 유튜브에 올리지 않았다. 언젠가 필터 없는 정직한 일상을 공개해도 되겠다는 마음의 준비를 마치면, 그날이 오면, 그간 쌓아 둔 수프 영상을 유튜브에서 최초 공개하는 상영회를 열지도. 미래의 구독자분들, 그날까지 기대 가득 안고 기다려 주세요. 찡긋. 웃음. 하트.

비법 소스를 찾아서

아침에 우엉차를 끓였다. 여름에 선물 받고서 가을이 될 때까지 보관했던 차인데, 날씨가 쌀쌀해지니 생각났다. 환기를 위해 열어 둔 창문에서 쌀쌀한 바람이 들어왔다. 따뜻한 우엉차로 차가워진 몸을 덥힌다. 얇은 홑이불을 바꿔 줘야 하는 때가 왔나 보다.

동료 작가 홍시(가명)가 올해가 100일이 남았다며 울멍한 눈망울로 100일 동안 마감할 수 있게 빌어 달라고 했다. 올해를 넘기고 싶지 않다며. 마감을 하지 못하고 한 살 더 먹어 버리면 연초부터 희망이 아닌 절망에 빠질 것 같다나. 그 절박한 마음을 알기에 종교도 없는데 두 손 꼭 잡고 행운을 빌었다.

100일이면 충분하죠,라며 수험생 상담하는 입시학원 선생님 같은 말로 홍시를 위로했지만 사실은 나도 불안했다. 지금 이대로 100일이 지나가면 내년의 내가 올해의 나를 원망할 것 같아서다. "작년엔 뭘 쓴 거니?" "…" 깊은 침묵. 도저히 무어라 변명할 말이 없을 것 같아 홍시처럼 나도 달력을 붙이고 100일 동안 매일 한 칸씩 X자를 그어 지워 나가면서 시각적인 충격이라도 받아야 하나 싶다.

벽에 붙일 만한 적당한 달력을 찾다가 작년에 쓰던

다이어리를 발견했다. 작년 이맘때엔 뭘 했나 볼까. 불과 1년 전인데도 까마득했다. 오늘 날짜를 찾아 다이어리를 넘겼더니 딱 여덟 글자가 적혀 있었다.

수프카레. 맛있었다.

작년 이맘때에도 수프를 먹고 있었구나. 뿌리채소가 가득 들어간 삿포로식 수프카레를 먹고 기분이 좋아져서 초등학생처럼 다이어리에 음식점 이름과 일차원적인 감상을 적었던 기억이 났다. 동남아식 그린커리처럼 묽은 국물에 흰쌀밥을 말아 먹으면 한기가 달아나는, 쌀쌀한 날에 딱 어울리는 음식이었다. 코발트블루 색 그릇에 연근과 당근, 감자와 애호박, 단호박 등 갖가지 채소가 담긴 푸짐한 수프 같은 그 카레 덕에 차가운 손발을 녹이고 바깥에서 묻은 오물도 깔끔하게 털어 버리고 집에 돌아갈 수 있었다.

일 관련 소통을 하는 사람이 많지 않다 보니 직장에 다닐 때와는 달리 불쾌한 경험을 할 일이 적다. 그런데 가끔 기분이 나빠야 맞는 건지, 신경 쓰지 않아도 되는 건지 애매한 말을 들을 때가 있는데, 아마도 독립출판으로 스스로 작가가 되었다는 내 이력 때문이라고 추론할 수밖에.

그날은 일터에서 처음으로 '아마추어 작가'라는 진귀한 직함을 받아 들었다. 비슷한 예로 "제법 기성 출판물처럼 쓰셨네요." "독립출판인데 다르다고 느꼈어요."라는 말씀을 첫 만남에 상찬이라고 늘어놓는 경우가 있다. 쓰고 싶은 대로 썼고, 감사하게도 좋아해 주는 독자가 있어서 계속 쓸 뿐인데 마치 당신이 정한 최소한의 기준선을 통과했고, 이를 축하한다고 말하는 듯한 태도를 접하면 어떤 반응을 보여야 할지 알 수 없어 "어, 아, 네…?" 하는 추임새만 고장 난 스피커처럼 내뱉다가 궁금한 걸 물어보지도 못하고 지나간다.

그런데 말이에요, 저는 지금 공모전에 제 원고를 제출한 게 아닌데요? 평가받는 자리가 아닌데 평가하려는 말을 들으면 발언에도 적절한 시간과 장소, 때가 있다고, '발언의 TPO'를 지켜 달라고 정중히 말씀드리고 싶다.

수프카레에 밥을 비벼 먹으면서도 아마추어 작가라는 신기한 단어가 곧 업계 내 직업인으로서의 내 포지션을 의미하는 게 아닐까 하는 뼈아픈 자각을 떨칠 수 없었다. 좋게 표현하자면 아직 노출이 많이 되지 않은 원석, 냉정하게 말하자면 자비로 낸 책이 운 좋게 눈에 띄어 출판업에 흘러들어 간 숙련도 낮은 인력이다. 어느 쪽이든 간에 나에게 프로의 무게감을 기대하지 않는다는 결론이다.

일본 드라마 〈빵과 스프, 고양이와 함께하기 좋은 날〉은 식당을 운영하던 어머니가 돌아가시면서 갑자기 식당을 떠맡게 된 사람의 이야기다. 메뉴는 수프와 빵. 가장 자신 있게 내놓을 수 있는 메뉴부터 시작한다. "제가 무슨 식당을 해요…"라는 말로 사양하다가 마침내 덜컥 식당을 열어 버린 주인공의 모습이 왠지 낯설지 않았다.

집에서 나 혼자 먹는 수프를 끓이는 일과 수프를 파는 식당을 열어 매일 손님을 받는 일은 다르다.

처음으로 청탁을 받아 글을 썼을 때 느낀 점이다. 전업 작가가 된다는 건 식당을 여는 일이다. 내가 먹기 위해서가 아니라 손님을 먹이기 위해, 요리를 할 기분이 아니더라도 맛있는 수프를 기복 없이 끓여 정시에 내놓는 일이다. 직업인으로서 글쓰기를 하려면 하고 싶은 말이 없을 때에도 쓸 수 있어야 한다. 내킬 때만 쓰려면 직업이 아닌 취미로 쓰는 게 낫다. 기회가 언제 올지도 모르고, 업무 파트너에게 내가 하고 싶은 말이 생길 때까지 무기한으로 기다려 달라고 말할 수가 없기 때문이다.

첫 책에 이어 같은 해에 두 번째 책을 출간하고 (아주 가끔) '소설가'라는 직함으로 연단에 서는 일이 있기도 했지만 오랫동안 아마추어라는 꼬리표를 스스로 떼지 못했다. 소설 쓰는 일이 어려울 때마다 창작 워크숍이나 글쓰기 강좌를 찾았다. 내 식당을 열어 놓고 수습생처럼 유명 식당을 기웃거리며 비법 소스를 훔쳐 낼 수 있지 않을까 기대한 것이다.

식당에서 먹었던 수프카레를 집에서 해 먹으려고 레시피를 찾았다. '만능 소스', '비법 소스'라며 저마다 정답이라고 써 둔 대로 만들어 봤지만 아직 그날 식당에서 먹었던 수프카레를 재현할 수 있는 조리법을 찾지는 못했다. 유명하다는 고체 카레를 사 보기도 했지만 내 취향은 아니었다. 그냥 집에 굴러다니는 저렴한 카레 분말에 냉동 새우 머리를 넣은 육수를 추가해 감칠맛을 내고, 연근과 단호박, 브로콜리와 당근, 가지 등 씹는 맛이 좋은 채소를 큼직하게 썰어 넣고 끓였을 때 더 만족스러웠다. 그러니까 어떤 비법을 훔쳐 내더라도 내 입맛엔 영 아닐 수 있으며, 애초에 수만 개의 식당이 각기 다른 비법으로 운영하지만 이를 다 정리해서 집대성한 자료집 같은 건 존재하지 않는다는 것이다.

〈백종원의 골목식당〉도 아닌데 갑자기 이렇게 식당

이야기에 열을 올리는 이유는 비법 소스를 빼내고 싶어 기웃댄 결과 딱히 비법 소스랄 게 없다는 결론을 내렸다는 말을 하고 싶어서다. 작가들의 창작 비법이란 것도 꼭 맛집의 비법 소스 같아서, 노하우를 일목요연하게 정리한 비기 같은 건 없다. 자신의 노하우를 여러 사람에게 공유하는 행위 자체가 직업적인 성취와 연결되는 일부 사람들은 창작의 원동력을 돌아보고 정리할 틈이 있겠지만, 작가들은 대부분 창작의 원천을 돌아볼 새도 없이 작업에 몰두하고 다음 작품을 구상하는 등 자기만의 이야기를 짓고 그 안으로 걸어 들어가 산다. 또 만능 소스라고 해서 내 입맛에 맞다는 보장이 없듯 대가의 작업 방식이 나와 맞지 않을 수 있다는 점도 간과할 수 없다.

글이란 콘텐츠의 가장 신기한 점은 누가 봐도 잘 쓴 글이라고 해서 국가대표 양궁 선수의 화살처럼 독자의 마음에 정확히 꽂힐 수는 없다는 점이다. 사람들에게는 자기만의 책장이 있다. 책장 안에 꽂아 두고 싶은 책을 고르라고 하면 모두 다른 책을 꼽는다. 사람들은 좋다고 하는데 열 장도 넘기지 못하고 팔아 버린 책, 어쩐지 사람들 앞에서는 좋아한다고 자신 있게 말하지 못하겠지만 마음이 가서 팔지 못하는 책. 나에게도 그런 책들이 있다. 내 책을 책장에 꽂은 사람들 덕에 두 번째 직업을 시작할 수 있었다. 얼굴도 모르는 독자들에게 인생의 일부를 빚졌다. 어떤 이의 책장에 비집고 들어가 한때 머물 수만 있다면 내 책과 직업인으로서의 소명을 다했다고 생각한다.

수프를 맛있게 끓이는 비법은 모르지만 맛있게 먹을 수 있는 비법은 있다. 배가 고플 때 먹으면 다 맛있다. 어쩌면 글도 비슷한 게 아닐까. 마치 내 마음을 들킨 것처럼 듣고 싶은 말을 해 주는 글. 내 머릿속을 헤집어서 책을 덮고 나면 가슴 안쪽이 찌르르 울리는 글. 닫혀 있던 마음을 열어 버리는 그런 글을 만났을 때 사람은 인생작품을 만났다고 말한다. 앞으로 내 인생은 어찌 될지 모르지만 내가 쓴 글이 어느 날 갑자기 누군가에게 닿아 인생작품이 될지도 모른다는 가능성을 남겨 두는 삶은 아무래도 멋있다. 오답은 있어도 정답은 없는 세계, 아마추어인지 프로인지 스타 작가인지 똥인지 된장인지 아무튼 내 방식대로 쓰다 보면 시간이 지나 "당신의 메시지를 잘 받았다"는 수신호가 어떻게든 돌아오는 세계, 불확실해서 긍정할 수밖에 없는 이 세계의 막연한 지형지도가 나는 퍽이나 마음에 든다.

좋아하는 사람이 좋다고 말하는 음식이니
딱 한 번만 속은 셈 치고 먹어 보자 하고
수프를 떠먹은 그 순간,
나는 다자이 오사무의 소설 《사양》의
한 대목을 낭독하는 연기자처럼
선명한 감탄사를 내뱉었다.

"아!"

이름을 부른다는 건

얼마 전 동료 작가 이소(일러스트레이터)에게 '육생비오톱'이란 단어를 배웠다. 새와 곤충이 찾아올 수 있도록 쌓아 놓은 나뭇더미를 일컫는 말이라고 한다. 이소는 산에 다니면서 배운 말이 많다고 했다. "곤충호텔도 있어요." 육생비오톱만큼이나 생소한 단어였다. 산에 다니지도 않으면서 동료 덕에 새로운 단어를 두 개나 배웠다. 그날 일기장에 육생비오톱과 곤충호텔이란 말을 들었다고 썼다. 외국어를 배울 때 모르는 단어가 나오면 단어장에 옮겨 적던 것처럼 새로이 알게 된 이름을 일기장에 옮겨 두었다. 볼펜으로 꾹꾹 눌러쓰면서 이번엔 설마 실수하지 않았겠지,라고 생각했다. 못 미더워서 사전을 찾아보았다. 다행히 오타는 없었다.

부끄럽게도 내 일기장엔 황당한 오타가 넘친다. 혼자 읽는 일기장이지만 오타를 발견하면 뜨끔하고 민망하다. 어렵기로 악명이 높은 단어의 맞춤법이나 띄어쓰기를 틀리는 것도 아니고 고유 명사를 미묘하게 다른 단어로 바꿔 버리는 습관이 있다. 며칠 전에는 저녁에 미네스트로프를 해 먹었다고 썼다. 겨울에는 경의선숲길을 산책하다 나무를 감싼 형형색색의 목도리를 보고 겨울철 송아지 귀에 씌운다는 귀돌이가 생각났다고 적었다.

자, 다음 문장에서 오류를 찾으시오. 금방 알아차리셨겠지만 정답을 공개합니다. 귀돌이는 '귀도리', 미네스트로프는 '미네스트로네'가 맞다.

또 오타를 내 버렸네. 평소라면 이렇게 덤덤하게 넘기고 말았겠지만 수프 이름까지 틀리다니 황당했다. 애인과 나란히 누운 침대 위에서 애인이 무심코 내 이름을 유미가 아닌 유경, 유라 등으로 한 음절만 다르게 부르는 상상을 하면 어이가 없어서 화도 나지 않을 것 같다. 잘못 쓴 단어 위에 줄을 긋고 미네스트로네라고 다시 썼다. 당연히 알고 있다고 생각했지만 사실은 아니었던 이름, 혼자 착각하고 오해한 이름이 지금도 내 일기장에 무수히 쌓이고 있다.

자주 착각하고 오해한다는 사실을 여러 사람에게 들켜서 쥐구멍에 숨고 싶어질까 봐 일기를 쓰기 시작한 걸지도 모른다. 일기는 틀렸다고 지적하는 사람이 없다. 일기 안에서 마음껏 떠들고 나면 다른 이에게 내 이야기를 하고 싶다는 욕구도 해소된다. 말수가 줄어들면 실수할 일도 없다. 어쩌면 실패 없는 대화를 위한 묘수를 고안하다 일기장을 이용한 걸지도.

인생에서 일기를 가장 열심히 쓴 시기에 말수가 적어진 건 우연이 아니다. 겉으로는 과묵한 사람이었지만 일기장에서는 매일 말을 쏟아 내는 수다쟁이였다. 그러나 말을 배우러 경유 시간까지 합쳐 13시간 동안 비행기를 타고 날아간 독일에서 이상하게도 나는 점점 말수가 줄어들었다.

한국에서 온 다른 친구들이 금세 독일에 매료되어 한국을 떠나기 위한 준비를 부지런히 하는 와중에도 나는 혼자 내 방의 차가운 이케아 철제 의자에 앉아 한국어로 편지를 썼다. 편지는 가끔 한국에 있는 친구와 이메일을 주고받을 때 보내기도 했지만, 대부분 쓰자마자 휴지통에 넣었다. 귓가에 쏟아지는 독일어를 튕겨 내는 의식을 정성스럽게도 거의 매일 치른 것이다. 모국어로 한 생각을 외국어로 바꾸면 생각의 부피가 10분의 1도 되지 않는 크기로 볼품없이 작아진다. 생각의 크기를 그대로 표현하기 위해서라도 나는 모국어가 절실한 사람이었다.

잡힐 듯 잡히지 않는 라디오 주파수를 맞추려 애쓰는 사람처럼 답답하게 반년을 보내자 하나둘 출국을 앞둔 친구들이 늘어났다. 기숙사 주방에서는 매일 저녁 송별회가 열렸다. 각자 준비해 온 요리를 펼쳐 놓고 뷔페

식으로 집어 먹는 포트럭 파티에서 나는 한국인 친구들과 함께 연신 음식을 흘깃대며 한식이 얼마나 줄어드는지 확인하느라 바빴다. 라볶이와 김밥, 잡채를 준비하느라 하루를 꼬박 보냈다. 올림픽에 요리 종목이 추가되면 이런 풍경일까 싶을 정도로 화려한 세계 요리가 펼쳐졌고, 그 위를 바삐 오가는 포크와 젓가락으로 음식이 놓인 식탁은 한산할 새가 없었다.

빠르게 바닥을 보이는 이탈리아 요리에 비해 줄어들지 않는 한식 코너를 바라보며 나와 친구들은 씁쓸한 미소를 교환하고 뿔뿔이 흩어져서 음식 홍보에 열을 올렸다. 한국을 대표해 국제 행사에 파견 나온 직원도 아니면서 어쩐지 다들 열심으로 "라볶이, 김밥, 잡채"를 외치며 열성을 다해 설명했고, 진심이 통했는지 라볶이가 가장 먼저 바닥을 보였다. '좀 매운데 맛있는 코리안 수프'라고 직관적으로(?) 설명한 덕분인지 의외로 라볶이에 대한 거부감이 별로 없었고, 음식 이름을 한국어로 뭐라고 하는지 말해 달라고 한 이들도 있었다.

"의외로 매운 걸 좋아하네?" "그러게? 그런데 우리 이름은 제대로 구분할 줄 모르면서 라볶이란 말은 금방 외우네?" 라볶이란 단어를 금방 따라 하고 외우는 외국인들의 모습을 바라보며 반년 치 섭섭함이 터져 나왔다. 놀랍게도 반년 동안 우리 한국인 세 명의 이름을 제대로 발음하는 건 물론이고 우리 셋의 이름을 구분해서 부르는 이는 같은 동아시아에서 날아온 중국인 친구들뿐이었다. 유럽 각지에서 온 사람들이 한국인 한 사람 한 사람의 이름을 구분해서 부르려는 시도조차 하지 않는 무신경한 태도를 보이면 상처 입고 방에 들어가서 한국 드라마나 예능을 다시보기 하며 혼자 수프나 퍼 먹기 일쑤였다. "아시아인들은 구분하기가 참 어려워."라고 말하면서 빙긋 웃는 모습을 보면 "우리도 너희 구분하기 어렵지만 이름은 제대로 외우고 발음하는데?"라는 삐딱한 마음이 되어 버린다. 오면가면 인사하는 사이에 서로 호명하는 것 정도는 기본적인 예의고, 제대로 기억해서 부르려고 노력해야 하는 게 아닌가.

이름을 제대로 부르려면 높은 수준의 관심과 집중력이 필요하다는 걸 그 시절에 배웠다. 인종과 언어와 상관없이, 한국인끼리 만나도 수십 명의 사람과 네트워킹을 하는 자리에서 모두의 이름을 제대로 부르기는 어렵다. 친해지고 싶은 사람이 있으면 노력해서라도 이름을 기억하는 것뿐이다. 반대로 상호 간에 이름조차 제대로 호명하지 않는 관계가 깊어지기란 어렵다.

　　공기처럼 둥둥 떠서 지내다가 비록 내 이름 하나도 여럿에게 각인시키지는 못했지만 송별회에서 코리안 스파이시 수프를 들고나와 홍보하고 다닌 보람은 있었다. 그날 누군가 네 취향일 것 같다며 굴라시를 알려 준 것이다. 송별회에서야 처음으로 길게 대화를 나눈 친구였는데, 조리법까지 말해 주는 성의 있는 설명을 들으며 이건 정말 꼭 먹어 봐야 한다는 강한 확신이 들었다. 아니나 다를까, 라볶이와는 색이 다른 맛이었지만 굴라시에서는 익숙한 한국의 맛이 났다. 고춧가루를 뺀 육개장 같은 맛이 나서 술을 마시지 않아도 과음한 다음 날 감자탕으로 해장할 때의 기분을 양껏 느낄 수 있는 수프다. 수프도 요리가 될 수 있다는 것조차 처음 알게 된 시절, 한국 음식처럼 고깃덩어리가 듬뿍 들어간 국물 요리가 동유럽에도 있으며 심지어 대중적으로 많이 먹는 음식이라는 사실 하나에 가본 적 없는 미지의 나라에 가느다란 선을 연결하고 다음을 기약했다. 언젠가는 부다페스트에 가서 굴라시를 먹어야지.

　　그 후로 10년이 더 지났고, 아직 부다페스트에는 가 보지 못했다. 10년의 세월이 흐르는 동안 입맛도 바뀌어서 지금은 고기를 덩어리째 넣어야 하는 굴라시는 더 이상 끓이지 않는다. 그럼에도 좋아하는 수프를 물어보면 굴라시를 꼽는다. 마음의 뿌리를 다 뽑아낸 줄 알았던 땅에서 이별의 의식을 치르다가 알게 된, 이름도 생소한 수프 한 그릇 덕분에 다시 그곳에 돌아가고 싶어졌으니까.

한국으로 돌아오는 비행기 안에서는 느끼한 닭가슴살 요리를 먹었다. 주파수를 맞춰 보려다가 끝내 실패한 것 같은 짧은 체류 기간 동안 내게 남은 게 무엇인지 생각하다 부끄러움을 느꼈다. 샐러드 볼에 떨어진 알타리무처럼 어정쩡하게 겉돈 기억만 남았기 때문이다. 샐러드 볼에서 튕겨 나온 내가 비행기 안에서 했던 생각은 이방인의 삶은 결코 낭만적이지 않다는 것이었다. 이질적인 존재가 하나로 섞여 융합되는 다양성에 대한 아름다운 상상은 함부로 할 게 아니라는 것도. 한국을 떠나겠다는 친구들의 선택을 응원하고, 나는 조용히 한국에 남았다.

한동안 굴라시를 먹을 일이 없었지만 이름은 잊히지 않았다. 심지어 간간이 먹고 싶은 음식을 떠올려야 할 때도 그 이름이 바로 튀어나와 비슷하게 끓일 수 있는 방법을 찾아보았다. 이제 덩어리 고기는 사지 않으니 고기 대신 홍합과 다진 양파를 잔뜩 넣는다. 그러면 굴라시가 굴라시가 아니고 홍합 수프가 되어 버리는 감이 있지만, 어차피 주재료 중 하나인 파프리카 가루를 고춧가루로 대신할 때도 있고 페페론치노를 넣기도 하니 내 굴라시는 그때그때 맛이 달라진다. 유럽 본토에서 배워 온 굴라시의 맛과는 영영 멀어진 것 같지만 부다페스트에선 먹을 수 없는 세상에서 하나뿐인 굴라시를 서울의 내 작은 주방에서 끓인다.

한때 빨간 수프, 하얀 수프로 색깔에 따라 겨우 구분하던 요리에 이름을 붙여 부른다. 수프가 요리라는 걸 알게 된 지 십 년이 되는 동안 수프를 통해 배운 이름이 빈약하지만 차곡차곡 쌓여 간 것이다. 이름을 제대로 아는 것보다 그렇지 않은 것들이 더 많다는 사실을 요리를 하면서 종종 느낀다. 해외에서 수입한 이색적인 재료를 파는 상점까지 가거나 직구를 하는 수고로움을 감수하면서까지 요리를 할 필요는 없다고 생각하는 실용주의자다 보니 내 주변에서 구하기 쉬운, 이름이 눈에 익은 재료만 사용하는 편이다. 그러다가도 가끔은 생소한 재료 이름이 나오면 검색을 하면서 일기장에 눌러쓴다. 생소한 외국어로 더듬더듬 말을 배우던 시절, 단어장을 만들던 때처럼. 산

을 올라가면서 새로운 단어를 채집한다는 동료처럼, 나에
겐 수프가 새로운 단어를 수집하는 채석장이다.

수프를 나누면 반이 된다

드라마를 보다가 껐다. 남녀 주인공이 막 연인 사이가 되려는 시점이었다. 어쩐지 내용에 집중하기가 어려워 보던 드라마를 멈추고 다른 일을 해 보기로 했다. 재미있다고 여기저기에서 반응이 좋길래 끝까지 보려고 했건만, 역시 사랑 이야기가 나오면 영 흥미를 잃고 만다. 그렇게 떠나보낸 드라마가 벌써 몇 편째인가. 문득 궁금했다. 남녀가 연애하는 이야기, 나만 재미없나? 나만 재미없다고 확인을 받는다고 해서 고칠 방도가 있는 건 아니지만. 왜 누구나 취향의 공동체를 찾아 내가 이상한 게 아니라는 확신을 얻고 싶은 순간이 있지 않은가.

"사랑 이야기가 나오면 집중력이 급격히 떨어지는 것 같아."

친구들을 만난 날 요즘 내가 겪는 현상을 설명했다. 잘만 보던 드라마나 영화도 주인공의 애정놀음이 시작되면 흥미를 잃고 휴대폰으로 별자리 운세나 날씨를 확인하게 된다는 말이었다. 놀랍게도 두 명이 거의 동시에 공감했다. "맞아!" 고개를 끄덕이며 동의하는 친구들에게 진한 우정을 느끼고 혼자가 아니라는 생각에 안도했다.

우리 앞에 수프 그릇이 하나씩 놓였다. 버섯 크림 수프와 토마토 바질 수프, 단호박 수프가 놓인 식탁이 가득 찼다. 수프만 세 그릇이라니. 세 가지 수프 색만큼 스펙트럼이 넓은 우리의 취향을 한 그릇으로 통합할 수는 없었다. 게다가 수프집에 셋이 와서 달랑 한 그릇을 시켜 나눠 먹는 건 반칙이지. 마포에서 가장 유명한 수프집에 셋이 왔으니 세 그릇은 기본이다. 취향에 꼭 맞는 수프 한 그릇을 공평하게 하나씩 놓아둔 모습에서 안정감을 느낀다.

언제부턴가 식사 약속을 잡을 때면 한 그릇 요리를 먹을 수 있는 식당을 선호하게 되었다. 요리를 여러 개 시켜서 나눠 먹는 즐거움도 있지만 친밀한 사이가 아니면 불편함이 더 크다. 편하지 않은 관계의 사람들끼리 요리 여러 개를 펼쳐 두고 나눠 먹어야 할 때는 식탁 위에 긴장감이 흐른다. 젓가락을 쥔 팔을 먹고 싶은 요리까지 길게 뻗기 어려워 누군가 그릇을 옮기고, 요리를 더는 일을 도와줘야 한다. 이런 식사 자리는 식사에 집중하기가 어려울뿐더러 먹는 속도가 느린 사람들은 자기 몫을 제대로 챙겨 먹기도 어렵다. 서로 먹는 속도를 맞추면서 각자의 몫을 적당히 먹기 위한 배려와 계산이 필요하다. 각자 주문한 음식을 알아서 먹을 수 있는 한 그릇 요리를 파는 식당에 가면 복잡한 고민 없이 식사에 집중할 수 있다.

특히 수프를 먹을 때면 '1인 1수프'를 고집할 수밖

에 없다. 일단 수프 한 그릇을 나눠 먹다니, 그걸 누구 코에 갖다 붙이나 하는 말이 절로 나온다. 단언컨대 이 세상 모든 성인에게는 수프 한 그릇이 온전히 돌아가야 한다. 한 그릇을 나눠 반 그릇을 먹는 날에는 아쉬움을 떨치지 못하고 쩝쩝 입맛을 다시다가 집에 돌아와 냉동실에 넣어 둔 수프를 꺼내 끓이거나 라면 물을 올릴 것이다. 두 번 식사하는 불상사를 막기 위해서라도 수프 하나를 시켜 나눠 먹자는 제안은 단호히 거절해야 한다.

'수프는 각자!'라는 원칙을 믿는 또 다른 이유는 수프는 침이 묻은 숟가락을 담가 먹어야만 하는 음식이기 때문이다. 침 묻은 숟가락을 통해 나눠 가지게 되는 게 정뿐만이 아니라는 건 설명이 필요 없을 정도로 널리 알려진 상식이니 부연 설명은 생략하도록 하자.

'1인 1수프' 원칙을 엄격하게 지키지만 예외는 있다. 수프 두 그릇을 시킬 수 없을 때는 군말 없이 한 그릇을 먹는다. 식당에서 파는 수프 한 그릇 가격도 부담스러웠던 학생 시절엔 둘이서 얌전히 앉은 식탁의 정중앙에 수프 한 그릇을 놓고 침을 섞어 가며 잘도 먹었다.

주머니는 가벼운데 늘 배가 고픈 학생이 어쩌다 한

번씩 레스토랑에 갔을 때 애피타이저로 분류되는 수프를 시키는 일은 보통 까다로운 게 아니다. 식사가 아닌 식전에 입맛을 돋우는 용도로만 취급되는 가벼운 음식에 얼마 되지 않는 돈을 털어 넣으려면 주문 전에 여러 번의 검증 과정을 거쳐야 했다. 수업이 다 끝날 때까지 배가 고프지 않겠는가, 수업 끝나고 한 시간 동안 지하철에 서서 집까지 갈 만한 힘이 남아 있겠는가. 마지막으로 함께 돈을 내야 하는 친구의 의사와 기분이야말로 예측 불가능한 변수였다.

라면 하나에 공깃밥까지 다 말아 먹어도 뒤돌아서면 배고플 시기에 큰마음 먹고 양식을 파는 레스토랑까지 왔는데 감히 애피타이저 따위로 메뉴 하나를 채우겠다는 괘씸한 친구를 너그럽게 품는 친구는 많지 않았다. 수프는 절대 식사가 될 수 없다는 강경한 친구와 입장 차를 좁히지 못하고 결국 파스타나 리조또 중 하나를 택하라는 압박을 받았다. "너 오늘 수업 몇 시에 끝나?" "나? 7시…" "괜찮겠어?" 진지한 표정으로 반나절 뒤 내 체력을 염려하며 작은바늘이 숫자 1에 멈춘 손목시계까지 가리키는 친구의 얼굴을 보면 수프를 시키겠다고 고집할 수가 없었다. 설득에 홀라당 넘어가서 레스토랑에서는 늘 공식처럼 파스타와 리조또를 한 개씩 시켜서 나눠 먹곤 했다.

　　친구가 아닌 애인 사이라면 한낱 애피타이저인 수프도 은근슬쩍 식사 메뉴라고 끼워 넣기가 쉬워진다. 호르몬의 작용으로 함께 있기만 해도 손쉽게 행복해질 수 있는 사이에서는 수프가 아닌 물 한 그릇을 떠 놓고 이야기해도 즐겁다. 지금은 수프를 식사 대용으로 파는 음식점도 많이 보이지만 당시에는 수프만 파는 음식점이 드물었기 때문에 애피타이저 메뉴에 집착하는 듯한 내 모습은 누구에게나 한 번쯤은 의구심을 자아낼 수밖에 없었다. 왜 그렇게 (그다지 대단하지 않은, 식전 요리일 뿐인) 수프를 좋아하느냐고 묻는 사람 앞에서 이유를 솔직하게 말한 적은 없었다. 레스토랑에서 파는 수프 먹는 재미를 알게 된 계기가 바로 (구)애인인 구숩(가명) 덕분이었기 때문이다.

　　구숩과 함께 식당에 갔을 때 야채 수프를 주문하는 사람을 살면서 처음 보았다. 식당에서 수프를? 그것도 '야채' 수프를 주문한다고? 그때까지 내 머릿속에서 야채 수프란 동화 속 으스스한 복장을 한 마녀가 악의를 담아 끓인 의심스러운 모양새의 혐오 식품이었다. 한국의 한

유원지에 놀러 온 외국인이 종이컵에 가득 담긴 번데기를 보고 화들짝 놀랄 수 있는 것처럼 야채가 덩어리째 들어간 국물이 접시에 담긴 걸 보고 놀라는 사람도 있을 수 있지 않나. 그런 음식을 사서 먹는 사람이 보이지 않는 세계에서만 쭉 살아왔으니 야채가 둥둥 떠 있는 국물에 선뜻 손이 가지 않는 것이 당연했다.

내가 얼마나 의심 가득한 눈으로 쳐다보았으면 구슘은 약간은 애원하는 말투로 나를 믿고 한 번만 먹어 봐 달라고 권유했다. 좋아하는 사람이 좋다고 말하는 음식이니 딱 한 번만 속은 셈 치고 먹어 보자 하고 수프를 떠먹은 그 순간, 나는 다자이 오사무의 소설 ≪사양≫의 한 대목을 낭독하는 연기자처럼 선명한 감탄사를 내뱉었다.

"아!"

≪사양≫은 식당에서 수프를 한 숟가락 뜬 어머니가 "희미한 비명을 지르셨다"는 문장으로 시작한다. '희미한 비명'이라는 표현을 몸으로 이해한 순간이었다. 충격적인 맛이었다. 살면서 먹었던 음식들, 그간의 기억을 더듬어 보았을 때 어느 한 지점에서도 교집합이 없을 정도로 새로운 맛을 본 것이다. 혓바닥에서는 찌르르 작은 전율이 일었다. 잘게 썬 감자와 당근의 적당한 익힘 정도와 국

물의 깊은 맛. 눈앞에 잘 보이고 싶은 사람이 있다는 것도 깜빡 잊고 고개를 아래로 파묻고 숟가락질을 멈추지 못했다. 수프와 함께 메인 디시도 시켰지만 기억에 남은 건 야채 수프뿐이었다. 그날 식사에서 메인 디시는 수프였다. 이 맛있는 걸 왜 여태 몰랐지? 야채 수프 맛있다고 가르쳐 준 사람이 없었다는 게 억울할 지경이었다.

그날 이후로 어디를 가도 수프를 찾는 사람이 되었다. 내가 먹어 본 수프는 그저 그런 애피타이저가 아니었기 때문에 식사 대용으로 수프를 주문했다. 구슬은 이후에도 신기한 수프를 소개해 줬는데, 한번은 인도네시아식 수프를 만들어 줬다. 어릴 때부터 엄마가 자주 끓여 주던 칼칼한 경상도식 소고기뭇국 같은 비주얼에 신맛이 나는 독특한 풍미의 수프였다. 구슬과 헤어진 후에도 그 수프만큼은 잊을 만하면 떠올라서 괴로웠다. 헤어진 남자친구가 만들어 주던 토스트 맛을 잊지 못해 레시피만 물어보려고 연락했다던 한 트위터리안처럼 "자니?"라고 연락할 뻔하다가 위키피디아에서 '인도네시아 음식'을 검색해 '소또 아얌'이라는 메뉴를 찾아내 서로 민망한 상황은 피할 수 있었다.

김이 모락모락 나는 수프를 식탁 가운데에 두고 나눠 먹었던 일은 옛 추억이 된 지 오래다. 수프가 요리가 된 계기가 진심을 다한 사람과의 데이트여서 그런지 아직도 수프를 생각하면 어딘가 로맨틱한 감정이 몽글하게 피어오를 때가 있다. 하지만 이제는 맛있는 수프를 나눠 먹고 싶은 사람이 생기면 내 몫을 덜어 주는 대신 그 사람 몫까지 한 그릇 더 시켜 줄 것이다.

먹는 방법이 바뀌는 동안 삶의 모양도 변했다. '1인 1메뉴'를 원칙으로 삼은 지금이 수프 한 그릇을 아껴 먹던 시절에 비해 나은지 자신 있게 말할 수는 없다. 확실한 건 수프 두 그릇을 시킬 수 없어서 나눠 먹던 시절이 그립지는 않다는 것이다. 맛있는 음식은 좋아하는 사람과 충분히 맛볼 수 있도록 넉넉한 것이 좋다. 좋은 음식을 나눠 먹으면 기쁨이 배가된다는 말이 있다. 맞는 말이다. 단, 기쁨이 배가되려면 양도 배로 늘어나야 한다.

시작, 중년 대비 프로젝트

20대 때를 생각하면 상한 버섯볶음의 향을 맡았을 때처럼 코끝이 시큰하다. 시간을 돌려 한 번 더 살아야 한다고 생각하기만 해도 척추를 타고 식은땀이 시냇물처럼 졸졸졸 흘러내리는 기분이다. 20대를 가리켜 인생의 봄이니 꽃이니 하는 말에는 좀처럼 공감이 가지 않는다.

토마토 수프를 끓일 때는 먼저 토마토를 살짝 데쳐서 껍질을 벗긴다. 이때 껍질을 완전히 제거하지 않으면 벗겨진 토마토 껍질이 손톱깎이에서 튕긴 손톱 같은 반달 모양으로 냄비 안에 버젓이 남는다. 토마토만 있어도 맛있게 끓여 먹을 수 있는 수프지만 조금 더 단맛이 나게 끓이고 싶어서 방울토마토를 고른 날에는 한 알 한 알 껍질을 제거하는 수고를 감수해야 한다. 그래도 꼭 벗긴다. 이물질 같은 토마토 껍질이 다 완성된 수프에 오점처럼 남기 때문이다.

지금의 내가 토마토 껍질을 잘 제거한 뒤 다진 양파와 향긋한 바질만 넣어 곧바로 수프를 끓일 수 있는 사람이라면, 20대엔 토마토 수프 하나를 끓이자고 냉장고에 있는 온갖 채소를 다 썰어 준비하고도 기대한 맛이 나오지 않아 고개를 갸웃거리며 엉뚱한 데에서 원인을 찾는 사람이었다. 껍질, 껍질을 벗기라니까! 다른 건 다 필요 없다고! 원하는 맛의 핵심을 알지 못해서 괜한 데 힘을 빼고 겨우 얻은 수프 한 그릇을 그대로 버려야만 했다.

필요한 것과 필요 없는 것에 대한 기준이 없어 헤맸다. 다른 이의 욕망이 내 것인 줄만 알고 따라다니느라 힘만 빼고 화만 쌓였다. 이 시절의 나를 생각하면 애잔해서 밥이라도 사 주고 싶다. 세상에, 밥이라도 사 주고 싶다니. 내가 한 말이면서도 20대엔 결코 달갑지 않게 들리던 어르신의 목소리로 읽게 된다. 깜짝 놀라 두 손을 내저으며 내 안의 어르신을 몰아낸다.

내가 조직 생활을 5년 만에 그만두었으니 회사를 계속 다니는 친구들은 어느덧 7년에서 8년, 길게는 거의 10년 가까이 일했다. 팀장이 된 친구도 있다. 친구들과 만나면 "나도 꼰대 다 된 거 같다"며 여기저기서 한숨이 터져 나온다. 프리랜서도 '요즘 젊은 친구들'과 일할 때 소통의 문제로 고민하기는 마찬가지다. 나이 상관없이 일하고 싶은데, 문화적인 차이가 벽처럼 느껴지는 순간마다 자괴감에 빠진다. 100세 시대라 은퇴하고 싶어도 할 수 없이 오래오래 버티며 일해야 하는데, 벌써 요즘 친구들이 이해가 되지 않으니 나이 들면 어디에서 일해야 하나, 하고 앓는 소리가 나온다.

신이 나서 회사 이야기를 하는 친구들에게 자주 '이해할 수 없는 요즘 애들'의 사례를 듣는다. 밖에서 우연히 만나면 눈 마주치기가 무섭게 황급히 자리를 피하려드는 쌀쌀맞은 성격, 사람 무안할 정도로 네 일과 내 일을 구분하는 방어적인 태도와 계산적인… 음, 잠깐 친구들아, 이거 내 얘기 아니니? 맞장구치면서 편을 들다가 말수가 급격히 줄어든다. 친구들의 이야기를 들으며 과거 내모습을 떠올렸다. 지지 않겠다는 오기로 똘똘 뭉쳐서 애꿎은 사람에게까지 발톱 세우던 시절이 나에게도 있었다.

"선배들이 날 어떻게 참은 걸까 싶다.""지금처럼 뒤에서 이야기하면서 풀었겠지.""어쩌겠어. 이해하면서 같이 잘해 봐야지."라는 체념으로 한바탕 살풀이는 마무리된다. 살풀이에 빠트릴 수 없는 건 고마운 선배 이름. 힘들 때 내 편이었던 선배 이름은 잊지 않고 곱씹는다. 30대 중반을 향해 달려가고 있는 나와 친구들은 어느덧 나를 힘들게 하는 사람의 이름이 불쑥 튀어나올 때마다 힘이 되는 사람의 이름을 그 옆에 놓고 시선을 돌려 가며 중심을 잡는다. 나이를 떠나 반면교사로 삼고 싶은 사람이 어디에나 있듯 닮고 싶은 사람도 있다. 일터에서의 경험을 회고할 때 떠올리기도 싫은 사람들의 존재감이 희미해질 수 있을 만큼 좋은 예시가 두툼하게 쌓였으면 한다.

좋은 레퍼런스를 멀리서 찾을 게 아니라 가까이에 둘 수 있으면 좋겠다는 생각을 했다. 창작을 중심에 둔 삶을 살아가는 사람들과 건강하게 나이 들기 위한 이른바 '중년 대비' 프로젝트의 일환으로, 2021년에 오랜 1인 가구 생활을 정리하고 동료 작가 서율(현 하우스메이트)과 함께 살기로 했다. 노후까지 갈 것도 없이 당장 중년부터 잘 대비하자는 생각은 자조 섞인 농담이 아니라 현실이었다. 창작하는 삶을 선택한 사람들과 더 건강하게, 오래 일하기 위해 필요한 연대를 주거 공간을 공유하는 것에서부터 시작해 보기로 했다.

주거는 생활의 안정에 필요한 가장 기본적인 요소지만 회사에 다닐 때는 그걸 까맣게 몰랐다. 살고 있는 동네가 슬슬 지겨워질 때쯤이면 새 방을 찾아 떠날 궁리만 했지, '내 집'의 필요성을 절감하지 못했다. 직장에 다닐 때 "연애 열심히 해서 결혼할 남자를 잘 고르라"는 말 대신 "임장 열심히 다니면서 부동산 보는 눈을 길러라" 하고 말해 주는 선배가 있었더라면. 결혼 자금 5천만 원을 모으라는 공허한 조언 대신 투자 공부를 하고 현금 흐름을 높여 5천만 원을 회사 바깥에서 마련할 방법을 고민해 보라고 시야를 넓혀 주는 사람이 있었더라면.

후회는 아무런 힘이 없기에 할 수 있는 일을 하기로 했고, 다행히 비슷한 필요를 느끼는 동료를 만나 건강한 삶을 위한 연합 모델을 실험할 수 있게 되었다.

이사를 한 뒤로 적어도 한 달에 한 번씩은 동료 작가를 초대해 담소를 나누는 행사를 열기로 했다. 친한 사람도 환영이지만 아직 친하지는 않은데 다가가고 싶은 동료에게도 용기 내어 초대장을 전한다. 혼자라면 부담스러워할 일도 둘이면 뻔뻔하게 추진할 수 있다. 행사라는 거창한 단어를 붙였지만 사실 업계의 동료, 나아가 친구가 되고 싶은 사람들과 진솔한 이야기를 나눌 기회를 일부러라도 만들기 위해 밥 한 끼 먹자는 구실을 찾은 것이다. 매달 한 번에 한 명 이상의 작가를 초대해 대화를 나누면서 창작하는 사람들의 고민을 귀담아 듣는다.

첫 손님인 다랑이 오기로 한 날 저녁 메뉴는 토마토 리조또와 버섯 크림 파스타, 그리고 감자 수프였다. 리조또와 파스타가 곁들이 음식이고 감자 수프가 주인공인 것처럼 많은 양의 감자를 쪘다. 주방에서 가장 큰 냄비에 감자를 가득 넣어 찐 뒤에 껍질을 깠다. 드디어 3인분의 수프를 끓이는구나. 중간 사이즈보다 작은 냄비에 1.5인분에서 2인분의 수프만 끓이던 내가 3인분을 만들어 낸다는 생각을 하자 데뷔 후 첫 음악 방송을 앞둔 아이돌처럼 긴장이 됐다.

　　냄비 하나를 가득 채워 수프를 끓여도 먹을 사람은 항상 나, 오직 한 명뿐이었다. 몇 그릇이 나오더라도 혼자 해치워 버리면 그만인 수프가 아닌 세 그릇을 염두에 둔 수프는 처음이었다. 아마도 수프가 남지 않을 거란 생각에 신이 나서 감자 까는 속도도 빨라졌다. 먹다 남은 수프를 데워 먹지 않아도 되는 삶! 콧노래가 나올 뻔했다. 가벼운 손놀림으로 감자 껍질을 깔끔하게 벗겨 내고 버터에 양파를 달큼한 향이 올라올 때까지 볶았다. 덩어리가 없어질 때까지 곱게 간 감자를 냄비에 쏟아붓고 다시 끓일 땐 국자로 수프를 저으며 우리의 안녕을 빌었던 것도 같다. 그날 끓인 감자 수프 맛은 내가 아는 그 맛이었다. 실패 없이 정직하고 부드러운 감자의 맛. 예측 가능한 선에서 벗어나지 않은 그 심심한 듯 단순한 맛이 수프를 끓일 때 빌었던 '안녕'이라는 미래상에 가장 근접한 맛이 아닐까 생각했다.

　　그 후로도 여러 번 수프를 끓였다. "다음엔 누구 초

대할까요?" 수프를 넘치게 끓인 날이면 얼른 다음 달 초대 손님부터 정하고 싶어진다. 상다리가 부러지게 차려 놓고 여럿이 모여서 식사를 하는 와글와글한 분위기는 끝이 보이지 않는 팬데믹 탓에 당분간 연출하기 어려울 것이다. 몇 명이 와도 수프 하나는 제대로 끓일 자신이 있는데… 실력을 연마하는 시간이라고 생각하자. 칼을 가는 수습생처럼 야금야금 적은 양의 수프를 끓이며 미래를 대비한다. 빙 둘러앉은 작가들에게 따뜻한 수프를 한 그릇씩 대접할 것이다.

수프를 끓인다고 부엌에 오래 서 있으면 어김없이 반려묘 루루가 우렁차게 말을 건다. 간식을 내놓으라고 요구하는 루루에게 잠깐 기다려 달라고 양해를 구하면서 양파 껍질을 벗기면 저 멀리서 쭈쭈가 부른다. 하우스메이트가 생기면서 생애 처음으로 반려동물과 사는 삶이 시작되었다. 쭈쭈와 루루는 마을 어귀에 서 있는 장승처럼 우리 작가하우스의 영혼의 두 축이 되어 준다. 냄비에 채소를 던지듯 넣고 루루가 먹을 만한 간식을 꺼내 캔을 따 주고, 쭈쭈에게 다가가 궁둥이를 두드려 주거나 집 안 이곳저곳을 순회하는 쭈쭈를 뒤에서 따라다닌다. 수프는 일단 재료만 손질해서 냄비에 올려 두면 알아서 완성되니까. 수프가 끓는 동안 고양이와 시간을 보낼 수 있다. 요리를 하는 동안 한눈팔 수 있다니, 집사에겐 참 유용한 음식이다.

"앞으로 목표가 뭐예요?"

가끔 인터뷰를 진행하면 마무리 단계엔 꼭 이런 질문을 받았다. 작품 계획이나 작업 일정을 구체적으로 발언해 단 한 줄의 기사로라도 내 활동을 홍보하거나, 시의성 있는 이슈나 사회적으로 유의미한 거대 담론을 꺼내들어 활동을 막 시작한 신진 작가의 패기를 보여 주는 것이 모범 답안이라고 생각했다. 사실은 지금도 소설을 통해, 그리고 글을 통해 하고 싶은 게 무엇인지 자기만의 언어로 명료하게 설명하는 것이 작가의 책무라고 생각하기에 '목표'라는 질문 앞에서 왠지 거창해지는 건 어쩔 수 없다. 그래도 딱 한 번, 인터뷰에서 힘을 빼고 직업적인 성취를 뺀 삶의 목표를 자유스럽게 말한 적이 있는데 그때 이런 말을 했다.

"비슷한 일을 하는 친구들과 건강한 삶을 살고 싶어요."

소설가, 작가, 창작자 직함을 뺀 자연인으로서 가

장 소망하는 바가 기침처럼 저절로 튀어나왔다. 간절히 바라는 바는 이렇게 준비되지 않은 상황에서 툭 삐져나온다. 만약 지금 똑같은 질문을 받는다면 이번엔 어떤 말이 나올까.

"지금처럼만 살고 싶습니다. 지금처럼 살기 위해 매일 노력할 거고요."

아마도 이렇게 대답할 것이다.

어떤 활동을 해도

머릿속 압력을 낮출 수 없었던 내가

유일하게 느슨해지는 공간이 주방이다.

수프를 만들면서

펄펄 끓는 주전자 같았던 머리를 식힌다.

수프로 일시정지

수프와 멀어진 삶은 냉장고 안에서부터 곪는다. 유통 기한이 짧은 신선 채소는 냉장 보관을 해도 금세 생명을 잃고 시든다. 언제 장을 봐 두었는지 기억나지 않는 채소가 이파리부터 말라 가거나 축축하게 짓물러 물컹하게 변해 버린 모습을 보면 대체 나란 인간은 뭘 하면서 사는 건가, 싶으면서 심란하기 이를 데가 없다. 곰팡이가 피어올라 쿰쿰한 냄새가 나는 채소를 음식물 쓰레기통에 털어 넣으면 컴퓨터처럼 내 일상에도 재시동을 걸고 싶다. 방치된 채 썩어 가는 것들을 치우다가 내일부터는 요리를 해 먹자고 생각한다. 문제는 언제든 다시 냉장고를 방치해 둘 수 있다는 것이다.

수프와 멀어졌다가 디스토피아 같은 냉장고 상태에 머리를 한 대 얻어맞고 다시는 이렇게 살지 않겠다는 결심을 하는 패턴으로 몇 년째 살고 있다. 매일 '오늘 뭐 먹지' 고민하는 일상, 재료를 버리지 않고 그때그때 남김없이 써먹는 일상은 사치스럽다. 요리라는 취미의 까다로운 점은 시간이 들고 정신적으로도 품이 많이 들면서 갑자기 손을 놓으면 걷잡을 수 없이 멀어진다는 거다.

반찬통에 담아 둔 숙주나물의 상태가 심상치 않다. 수프를 끓이면 곁들여 먹으려고 만들어 둔 코울슬로도 미심쩍다. "잠깐! 제가 먼저 먹어 보겠습니다." 코울슬로를 먹으려는 동거인을 말렸다. 왕의 독살을 막기 위해 동원된 기미상궁처럼 며칠 동안 방치했는지 기억이 가물가물한 채소 요리를 하나하나 맛보았다. 상한 음식을 먹고 둘 다 데굴데굴 구르며 응급실에 실려 가면 고양이는 누가 돌보나. 젓가락으로 나물을 조금 집어서 냄새를 맡고 입에 넣었더니 혀끝에 시큼한 맛이 감돌았다. 안타깝게도 보내 줘야 할 때가 된 것이다. 숙성시켜서 더 맛있게 먹겠다고 보관한 코울슬로까지 눈물을 머금고 버리고 나니 그간 방치한 냉장고를 돌보고 싶어졌다.

　　냉장고에 남은 채소 중에서 상태가 멀쩡한 것들부터 골라냈다. 앞으로 냉장고에 있는 모든 재료를 써먹을 때까지 음식을 사 먹지 않기로 했다. 오늘의 메뉴는 쪼그라들기 시작한 시금치와 감자 한 알, 자투리로 남은 양파를 한꺼번에 처리할 수 있는 음식, 감자 시금치 수프 당첨이다. 상태가 미심쩍은 냉장고 속 자투리 채소를 없애는 데엔 수프가 제격이다. 시금치를 넣어 수프를 끓이겠다고 하니 "시금치를 넣은 수프라고요?"라며 동거인이 호기심을 보였다. 사실은 처음 해 보는 요리지만 자신 있는 척, 많이 해 본 요리인 척 당당하게 주방으로 걸어갔다. 수프는 실패가 없지. "오, 맛있다!" 반응이 좋으면 칭찬을 받은 학생처럼 기쁘다. 자신 있게 내놓을 수 있는 수프가 늘어날 때마다 한 단계 높은 수준의 생활력을 장착한 어른이 된 기분이다.

어른의 삶은 가끔 복잡해서, 과거의 내가 분별없이 내뱉은 약속과 호언장담이 뒤엉켜 마감이란 폭탄이 되어 다가온다. 해낼 수 있을까 하는 걱정이 찰랑찰랑 턱밑까지 차오르면 불안을 의식하느라 정작 해야 할 일을 하나도 처리하지 못하고 가쁘게 숨만 내쉰다. 아직 오지 않은 미래를 걱정하느라 현재에 집중하기 어려운 날에도 주방에 간다. 의식적으로 손을 움직여 수프를 끓인다.

아름다운 길을 산책하는 동안에도 주위를 찬찬히 둘러보지 못하는 편이다. 걷는 내내 생각에만 빠져 허우적대느라 행인과 부딪칠 때가 허다하다. 나처럼 생각 많은 사람은 생각을 끊어 낼 수 있는 스위치가 필요하다. 수프를 끓이면 생각에 갇혀 있던 내가 해방되는 기분이다. 순서가 분명하고 반드시 결과가 나오는 활동이 막연한 걱정과 불안이 가득한 내 머릿속을 맑게 해 준다. 어떤 재료를 넣어 무슨 맛을 만들어 낼지 상상하는 과정부터 수프

만들기는 시작된다. 상상력을 자극한다는 점은 소설과 비슷하면서도 장기간의 준비가 필요한 소설 쓰기와 달리 그 자리에서 곧바로 완성 단계를 맛볼 수 있으니 창조적인 활동을 사랑하는 사람에게 딱 맞는 취미다.

그간 생각에서 벗어나기 위해 다양한 취미 생활을 시도해 보았다. 그림을 그리거나 글씨를 쓰는 활동, 꽃꽂이나 공예처럼 앉아서 손을 움직여 창조하는 활동이 도움이 될까 싶었지만 처음의 집중력은 어디로 가고 시간이 흐르면 자꾸만 지금 하는 활동이 끝난 후 해야 하는 일, 아직 끝내지 못한 일들을 생각하느라 머릿속이 바빠져서 그만두었다. 요가나 필라테스, 방송 댄스부터 달리기까지 땀 흘리는 운동으로 생각에서 해방되고 싶었지만 오히려 수문이 열린 것처럼 몸만 움직이면 온갖 아이디어가 밀려 들어 와 움직임에 집중하지 못하다가 경고를 듣기도 했다. 요즘엔 아침저녁으로 명상을 하면서 정신을 집중해 보려고 하지만 역시 팽이처럼 빙글빙글 빠르게 돌아가는 생각을 의식하며 '명상을 하며 생각한 것들'이란 에세이를 써 봐야 하나 구상이나 하고 누워 있다.

어떤 활동을 해도 머릿속 압력을 낮출 수 없었던 내가 유일하게 느슨해지는 공간이 주방이다. 수프를 만들면서 펄펄 끓는 주전자 같았던 머리를 식힌다. 냉장고를 비우는 속도만큼 머리 안의 생각도 덜어 내고 있다는 자기 암시를 건다. 평소 생각이 많은 사람은 아무도 없는 집 안에서도 온종일 자기 자신과 끝없는 토론을 하는 것과 마찬가지다. 반드시 머릿속에 음소거 버튼을 만들어 두고, 필요할 때 누를 수 있는 장치를 마련해 두어야 한다. 음악을 들으며 수프를 끓이는 행위가 요즘 나에겐 내 머릿속 말풍선을 잠시나마 꺼뜨리는 신호다.

냉장고를 비울 때는 비우는 일 자체가 목적이 되지 않도록 조심해야 한다. 자칫 비우려다가 냉장고를 더 채워 넣는 결과가 나올 수도 있다.

냉동실에서 엄청난 양의 소시지를 발굴한 날이었다. 동거인이 용량을 착각하고 주문해 버렸다는 소시지의 양은 3kg짜리 쌀 한 포대 정도는 되어 보였다. 제발 처리해 달라는 부탁을 받고 부대찌개를 좋아하지 않는 사람들이 소시지를 소비할 수 있는 방법을 고민하다 역시, 수프를 끓이기로 했다. 양배추와 당근, 양파와 감자가 없으면 섭섭한데. 통통한 소시지를 제대로 요리하고자 쇼핑 금지라는 결심을 잊고 또 장을 봤다. 소시지를 가득 넣은 수프가 보글보글 끓는 동안 냉동실 속 소시지가 얼마나 줄어들었나 확인했다.

쌀가마니 같은 소시지 묶음은 조금도 줄어든 것 같지 않았다. 냄비에 아낌없이 털어 넣었지만 자가 증식이라도 하는 건지 여전히 묵직했다. 아무래도 소시지가 소시지를 낳는 것 같다는 의심을 거두지 못하고, 장을 보면서 덩달아 늘어난 채소를 확인했다. 냉동실에 묵혀 둔 소시지를 먹어 치우려다가 냉장 칸만 채웠다. 비우겠다고 시작한 일이 엉뚱한 결과로 이어졌다. 그 후로도 소시지는 수프로, 파스타로, 반찬으로도 변신해 종종 식탁 위에 올라왔다.

단지 소시지를 먹어 치우기 위해 시작한 요리가 당근과 양배추, 감자와 양파를 불러들인 것처럼 매일매일의 내 고민 또한 이야기가 끝나는 지점을 알지 못한 채 헤매다가 예상했던 목적지와 다른 곳에서 끝이 난다. 소설 쓰는 일의 어려움, 불안함이 일에 대한 회의로 이어지려고 하면 내가 앉아 있는 책상을 주방으로 바꿔 본다.

냉장고를 열어서 재료를 하나씩 꺼내 확인하는 일부터 시작한다. 자, 냉동실에 얼려 둔 채수가 있고, 굴러다니는 닭가슴살이 있지? 상태가 썩 좋지 않아 보이는 배추,

아직 멀쩡한 표고버섯이 보인다. 재료를 하나하나 확인하다 보면 수프의 장르가 선명해진다. 이탤리언은 아니다, 동남아 풍으로 가야겠군. 자신 있게 꺼내 보일 수 있는 캐릭터와 소재 같은 생각의 꾸러미를 펼쳐 마구 적어 내려가면 분위기가 먼저 그려진다. 분위기 설정이 끝나면 갈팡질팡하던 마음도 확고해진다. 먹고 싶은 메뉴가 생각났어. 오늘 저녁 메뉴는 치킨 누들 수프다. 어지럽던 고민에서 빠져나와 마음을 정하면 순서대로 필요한 작업을 시작한다. 채수는 해동하고, 잘 손질된 닭가슴살의 잡내를 제거하고, 배추를 씻고. 하고 싶은 말을 오해 없이 전달하기 위해 필요한 인물과 사건, 배경을 정리한다. 잘하고 있는 걸까? 간을 보기 전까지는 모른다. 완성된 후 먹어 보기 전까지는 알 수 없다. 쓰는 방법을 배워 본 적이 없으니 나에게 익숙한 방식대로, 요리를 할 때처럼 일단은 생각 없이 완성한 후에 조마조마한 마음으로 간을 본다.

간을 봤는데 도로 뱉어 내고 싶으면 어떻게 해야 하나? 기대했던 맛이 나오지 않는 날들이 반복되면 비슷한 시기에 활동을 시작해 왕성하게 작업하고 있는 작가들, 닮아 가고 싶은 작가들의 작품과 이름이 떠올라 또 먹구름 같은 생각들이 피어오른다. '비교는 어제의 나하고만

한다'라는 문장을 몇 년째 다이어리 첫 페이지에 적어 두고 있다. 반짝이는 타인의 성취를 끌고 들어와 한창 요리 중인 내 주방의 분위기를 스스로 망치려 드는 못난 버릇이 있어 흔들릴 때마다 펼쳐 보는 문장이다. 어제 끓인 수프와 오늘 끓인 수프의 맛을 비교해 본다. 어제보다 오늘이 나았나? 확실하진 않다. 그럼 처음 끓였던 수프 맛과 오늘 끓인 수프의 맛을 비교해 보면? 답이 보인다. 다시 주방으로 가서, 손을 움직이자.

방구석 1열이라는 안온함

점심에 끓이고 남은 수프를 데웠다. 밥그릇에 수프를 덜었다. 책상에서 오디션 프로그램을 보면서 수프를 먹는 날에는 속이 깊고 둘레가 작은 밥그릇에 먹어야 편하다. 책상 위에 놓인 노트북 화면에서는 기타를 든 참가자가 무대 위로 나와 꾸벅하고 인사를 했다. 심사위원석을 향한 인사라는 걸 알면서도 허리를 깊게 숙이는 참가자를 바라보는 것만으로도 권위가 허락된 것만 같다. 자, 어디 한번 볼까. 노래가 시작되고, 심사위원도 아닌 내가 점수 매길 준비를 다 끝내고 합격 여부를 판가름한다. 노래가 흐르는 동안 먹기에 적당할 정도로 식은 수프를 입안으로 넣으면서 쾌감을 느낀다.

　할 일을 끝마치고 피곤한 저녁에는 방에서 넷플릭스를 보며 맥주 한잔을 하는 장면이 자연히 떠오르지만 알코올만 들어가면 마취총 맞은 야생 동물처럼 힘을 잃고 쓰러지는 체질이라 '혼맥'의 낭만과는 애초에 거리가 멀다. 나에겐 맥주 대신 수프가 있다. 늦은 저녁 집에 들어오는 날이면 건더기가 거의 없는 액상 봉지 수프나 캔 수프를 따서 밥그릇에 옮기고 전자레인지에 3분간 돌려 먹으며 저녁을 대신한다. 이때 빠질 수 없는 게 바로 오디션 프로그램이다. 이럴 때 내 상태는 방구석에서 귤을 까

먹으면서 〈엣지 오브 투모로우〉나 〈부산행〉 같은 재난 영화를 볼 때와 비슷하다. 바깥에서 안전한 거리를 두고 바라보면 화면 안의 아비규환도 엔터테인먼트가 된다.

오디션 현장이 좀비 바이러스에 비견할 만큼 일촉즉발의 위기 상황으로 점철된 곳은 아니지만 참가자의 간절함이 빚어내는 드라마는 어느 영화 못지않다. 참가자의 이야기에 홀딱 빠져 따라가다 보면 나중에는 대형 기획사 수장처럼 참가자의 데뷔 후 행보와 전망까지 분석하는 과몰입 상태가 된다. 지망생들이 어떻게든 잘 보이고 싶어서 발을 동동 구르는 모습을 보면 애틋하다. 선택받고 싶어서 초조해하는 그들의 얼굴에서 사회 초년생 시절에 기합이 들어가 뻣뻣한 몸으로 실수를 연발하던 내 모습이 떠오른다.

오디션 프로그램에도 유행이 있는지 요즘엔 아마추어의 성장기 대신 고수가 모여 그야말로 입이 떡 벌어지는 그림을 만들어 내는, 프로들의 경합이 목적인 프로그램이 연달아 방영되고 있다. 일주일의 시작을 월요일에 방영하는 〈슈퍼밴드〉로 열고, 화요일에는 〈스트릿 우먼 파이터〉를 보면서 난전에 잠깐 힘을 주기도 한다. 내 것을 보여 줄 준비가 된 사람들, 하나의 일에 피나는 노력을 쏟는 사람들의 연륜과 실력에 감탄한다. 이날만 기다려 왔다고 말하는 것 같은 참가자의 퍼포먼스를 바라보며 희열을 느끼다가도 궁금해진다.

얼마나 떨릴까. 얼마나 간절할까. 도망가고 싶지 않을까? 한 손에 작은 밥그릇을 쥐고 수프를 쓱 긁어 먹으면 그릇이 꼭 말을 거는 것 같다. 저 사람들이랑 너랑 그릇이 같은 줄 알아? 그렇지. 고개를 끄덕이며 수긍한다.

어릴 때부터 멍석이 깔리면 뒤꽁무니를 뺐다. 선수라면 벤치를 지키는 대신 경기를 뛰고 싶어 하는 게 당연지사, 어떤 직업이든 간에 큰 기회가 오면 놓치지 않도록 꽉 붙들려는 태도가 적성의 지표라고 생각했다. 한 해 두 해 사회에서 일하는 시간이 늘어날수록 성취에 대한 욕심은 타고나는 것이며, 어쩌면 적성이란 '얼마나 욕망하는가'와 동일한 말일지도 모른다는 생각으로 바뀌었다. 어떤 일에 더는 새로운 과업을 설정하고 싶다는 욕심이 생기지 않을 때, 우리는 적성을 의심하게 되는 게 아닐까.

목적이 있는 모임과 평가받는 자리, 순위와 점수로 결과물이 비교되는 집단에서 늘 보통 이하의 수준인 것 같은 내 욕심의 그릇이 원망스러웠다. 꾸준히 더 높은 수준의 목표를 설정하고 이루기 위해 매진하는 사람들의 태도를 동경하면서도 바라보는 것만으로도 기가 질려 멀리 달아났다. 결과가 좋으면 좋은 대로 또 불만이 생겼다. 그다지 열심이지 않았는데 결과가 좋으면 결국 운인 건가 하는 허탈감을 느꼈다. 오히려 결과가 좋지 않을 때는 욕심 많고 더 열심인 사람들을 이기기는 힘들겠지, 하며 예상했다는 듯 덤덤하게 받아들였다. 언제나 열심인 사람들 사이에서 폐는 끼치지 말자는 마음으로 주어진 과제를 해내는 데에 급급했다. 잘 해내고 싶은 마음을 숨김없이 드러내고 마음껏 열망하는 오디션 참가자들의 욕구 가득한 눈빛을 바라보면 그래서 더 마음이 동한다. 한 번도 가져 본 적 없으니 동경할 수밖에.

동경한다고 해서 따라 할 수 없다는 걸 이제는 안다. 한때는 그릇을 바꿀 수 있다고 믿었다. 역동적이면서 쫀쫀한 긴장감이 일상인 업계에 진입하면 나 역시 더 큰 무대에 서기를 원하게 될 줄 알았지만 웬걸, 그저 내 손아귀의 밥그릇 하나만 잘 채우려고 아등바등하기에도 인생은 충분히 피곤하다. 남에게 박수갈채를 받기 위해 하는 일에는 좀처럼 관심이 없다. 지금 내 그릇만큼이라도 잘 채워 보고자 올해 하고 싶은 이야기, 또 앞으로 하고 싶은 이야기를 틈틈이 정리한다. 언제나 한결같은 마음으로 일을 사랑할 수 없다는 사실을 받아들이고 내 욕심의 그릇이 원망스러울 때는 잠시 내려놓고 다른 곳으로 눈을 돌리기도 한다.

　지금도 가끔 그릇을 바꿔 보는 게 어떠냐는 권유를 받는다. 처음 소설을 완성해서 독립출판으로 책을 만들어 세상에 내놓았을 때 지인들이 축하와 함께 가장 많이 건넨 말은 "소설을 신춘문예에 내 보지 그래?"였다. 두 번째 소설책을 냈을 때는 드라마 극본이나 시나리오 공모에 도전하라는 말을 들었다. 아끼는 친구의 글이 더 많은 사람에게 널리 읽히기를 바라는 선의에서 한 말이라는 걸 안다. 그러나 조언의 밑바탕에 창작자의 활동 영역에 위계가 있다는 가치관이 엿보이면 어쩔 수 없이 섭섭해졌다. 사원에서 대리로, 대리에서 과장으로 승진을 하듯 자연스러운 수순으로 작가의 활동 또한 상승해 가야 한다고 전제하며 조언하는 말들 앞에서는 할 말을 잃게 된다.

　그릇을 바꾸려 드는 목소리와 거리를 두었다. 아직은 남에게 잘 보이기 위한 글을 쓸 단계가 아니라고 생각했기에 내 활동을 있는 그대로 수용하는 사람들과 어울렸다. 내 책이 진열되는 위치, 노출되는 장소와 상관없이 묵묵히 작품을 따라가며 읽는 친구들을 위해 썼다. 책을 쓰는 동안 과거의 인연과 조금씩 거리가 벌어졌고, 새 책이 나왔다는 소식을 전하면 어김없이 깜짝 놀라며 이런 반응이 돌아왔다.

"그사이에 언제 그렇게 조용히 책을 썼어?"

조용히, 쥐도 새도 모르게 책을 썼다는 말을 듣고 그간 연락이 너무 뜸했구나 싶어서 멋쩍게 웃는다. 살갑게 안부를 챙기지 않던 사람이 느닷없이 책으로 인사를 해도 환대하는 지인들에게 늘 감사하지만, 조용하다는 건 곧 홍보 활동이 부족하다는 게 아닌가 하는 반성으로 이어진다.

프리랜서는 나대야 한다던데. 경보음이 울린다. 요즘 프리랜서들은 부지런하기도 해서 혼자 연재도 하고, 라이브 방송으로 팬들과 소통도 하고, 심지어 노래를 만들거나 가끔은 춤도 추던데! 사랑하는 동시대 젊은 작가들이 내놓는 참신한 소통 방식에 감탄하며 떡밥만 주워 먹다 정작 막 출간한 내 책에 관한 소식은 조용히, 지인과 친구들에게만 들릴 듯 말 듯 속삭이고 마는 것이다.

무엇이든 시끌벅적한 일을 벌여 과감한 홍보를 해

야 하는 게 아닌가 조바심만 커지고 있을 때 아빠에게 '사부작사부작'이란 말을 들었다. 부산 사는 고모가 나를 두고 어릴 때부터 뭐든 '사부작사부작했다'고 표현했다는 말을 듣자마자 나의 활동이 말끔하게 정리되는 기분이었다. 경남 사투리로 처음 말을 배운 사람으로서 부연하자면, 사부작사부작이란 '조용히'와 비슷한 의미로 사용하는 사투리지만 정확히 같은 뜻은 아니다. '조용히'가 정적이고 고정된 상태를 의미한다면 '사부작사부작'은 눈에 띌 정도는 아니어도 필시 움직이고 있는 동적인 상태를 뜻한다. 무협지에 등장하는 인물의 동작처럼 사뿐사뿐 발소리가 들리지 않을 정도로 민첩하게 움직이는 상태에 가깝달까. '조용히'라는 단어가 포괄하지 못하는 역동의 의미를 담은 '사부작사부작'이란 단어 하나로 고모는 내 활동을 요약해 주었다.

얼마 전에는 〈유 퀴즈 온 더 블록〉을 보다가 방탄소년단 멤버 뷔의 아버지가 말씀하셨다는 "그 므시라꼬"란 말을 듣고 '사부작사부작'에 이은 올해의 단어라고 생각했다. 직역하자면 "그게 뭐라고". 힘을 빼고 느슨하고 편안하게 상황을 바라볼 수 있도록 돕는 말이다. 내 그릇이 작다고, 조금 더 큰 그릇이 어떠냐고 속삭이는 사람들 틈에서 흔들릴 때면 책상 위에서 저녁 식사를 해결할 때 쓰는 밥그릇을 사부작사부작 꺼낸다. 아직 쓸 만하다. 이가 나간 곳도, 얼룩 하나도 없다. 험하게 다뤘는데도 상한 곳 하나 없는 탄탄한 내 밥그릇을 꺼내 수프를 담고 책상 앞에서 사부작사부작 식사를 한다. 그릇이 작아도 수프는 맛있다. 물론 큰 그릇으로 바꾸면 더 배부르게 먹을 수도 있겠지만, 그 므시라꼬, 적당한 크기에 담아서 사부작사부작 잘 먹기만 하면 되지. 일단은 내 작은 그릇부터 잘 채울 것이다.

점심의 불안도 저녁에는 잊힌다

"설마… 설거지를 한 거예요?"

손에 물 묻히지 못하게 하는 동거인의 성화(?)에도 반드시 손에 물을 묻혀야만 하는 상황은 있는데, 수프를 끓일 때다. 집에서 수프를 끓일 때 자주 쓰는 냄비는 두 개다. 공통점은 둘 다 집에서 가장 깊은 냄비라는 것. 한 번 수프를 끓일 때 최소 3인분은 끓이는 편이고, 수프가 되직하게 변할 때까지 깊은 냄비를 저어 가면서 끓인다. 문제는 속이 깊은 냄비는 식기세척기에 넣어 돌려도 얼룩과 이물질이 거의 그대로 남아 있다는 것이다. 주방에 식기세척기를 모셔 그간의 설거지 노동에서 해방된 줄 알았건만, 수프를 끓인 날엔 여전히 수세미를 들어 냄비 바닥을 닦는다. 수세미를 들고 무아지경으로 냄비를 문지르고 있으면 동거인은 약간 징그럽다는 눈빛으로 나를 쳐다보는데, 얼굴에 '대체 왜 이런 귀찮은 음식을 해 먹는 것인가?'라고 써 있다.

수프를 끓이면서 냄비를 많이 태워 먹었다. 태워 먹은 냄비를 수세미로 닦아 낼 때 묘한 쾌감을 느끼는데, 냄비 닦는 행위를 하고 싶어서 일부러 태워 먹는 건 아닐까 의심스러울 정도다. 식기세척기 선생님이 옆에 떡하니 버티고 계시는데도 가끔 이물질을 깨끗이 닦아 내는 취미 생활을 하기 위해 설거지를 한다.

　　그래도 이사를 하고 나서 가스불에서 인덕션으로 바뀌며 세밀한 불 조절이 가능해진 덕에 덜 태운다. 이전에 살았던 집에서는 가스불은 센데 바닥이 얇은 냄비로만 수프를 끓이다 보니 건더기가 까맣게 눌어붙는 게 일상이었다. 반복하면 나아진다고들 하던데, 수프를 끓이거나 요리를 할 때 불 조절이 여전히 어렵다. 9단계로 세세하게 열을 조절할 수 있는 지금, 처음 올리브오일을 두르고 채소를 볶을 때의 세기, 볶은 재료를 채수에 넣고 끓일 때 불의 세기를 세밀하게 조정하는 데에 온 정신을 집중한다. 아무리 냄비 닦는 걸 즐겨도 수프에서 탄내가 나면 곤란하니까.

　　수프를 막 끓이기 시작했을 땐 무조건 강불이었다. 강한 불에서는 수분이 빠르게 날아간다. 빠르게 볶아 물기를 없애야 하는 볶음 요리엔 강한 불이 필요하지만, 채소를 빠른 속도로 볶은 뒤에는 중불과 약불로 세기를 조절해야 타지 않는다. 처음엔 언제 불의 세기를 줄여야 하는지 몰라서 탄내 나는 수프를 먹었지만, 여러 번 실수하면서 약불로 줄여야 할 타이밍을 알게 되었다. 끓는 걸까 의심스러울 때도 꾹 참고 약불 상태로 20~30분을 내버려 두는 것, 함부로 불의 세기를 강하게 올리지 않는 것이 탄내 나는 수프를 먹지 않기 위한 기본이다.

적당한 온도를 알기까지 너무 많은 수프를 태우고 많은 힘을 들여서 냄비를 닦았다. 반질반질하게 닦은 낡은 냄비 두 개로 참 오래, 어설픈 맛이 나는 수프를 해 먹었다. 예전엔 혼자 먹으면 그만이니 탄내가 나도 맛이 어설퍼도 상관없었지만 요즘엔 수프가 맛있으면 자랑스럽게 내놓을 사람이 있다 보니 불 조절에 신경을 쓰지 않을 수가 없다. 혼자 먹기 위해 끓이던 수프를 나눠 주고 싶어서 끓인다. 장난처럼 이름 붙인 '작가하우스'에 작가 손님이 찾아올 때면 냉장고를 뒤져 자신 있는 수프를 내놓는다. 가끔은 태워 먹기 때문에 손님상에 수프가 올라가지 않는 날도 있지만, 그럭저럭 높은 확률로 수프를 대접하는 데 성공했다.

먼 길을 놀러 온 동료 작가 원도에게는 애호박 포타주를 내놓았다. 전날 밤에는 사무실에서 동료 작가들과 회의를 하느라 인사하지 못했고, 다음 날 아침 일찍 병원 예약이 있어 도저히 인사를 나눌 수 없을 것 같아 아쉬웠던 차에 냉장고에 굴러다니던 애호박이 보였다. 양파와 우유, 버터도 있겠다, 외출하기 전 빠르게 포타주를 만들어 아침으로 내가 한 그릇 먹고, 남은 수프는 손님과 드시라고 쪽지와 함께 놔두고 나왔다. 오전 8시, 오랜만에 출근 시간에 거리에 나갔다. 아침을 먹고 오전에 외출하는 일이 낯설어 처음 와 보는 동네인 것처럼 주위를 두리번댔다. 사람이 빽빽한 거리에 뚝 떨어져서 어리둥절한 기분. 낯선 시간대의 공기를 마시며 집 밖에서 시작하는 익숙지 않은 아침이 내가 사는 동네를 서먹하게 만들었다.

폐업. 영업을 종료합니다. 감사했습니다. Closed. 다시 돌아오겠습니다.

새로운 가게가 물밀듯이 들어오던 거리엔 문을 닫은 가게가 눈에 띄게 많아졌다. WHO에서 세계적인 대유행이라고 발표했을 때만 해도 물론 놀라기는 했지만 페스트가 창궐한 1300년대도 아니고 2020년인데, 칠백 년 이상의 시차만큼 발전한 기술력으로 어떻게든 옳은 방향을 금방 찾아내지 않을까 막연하게 낙관했다. 마스크를 쓰는 것도 한때의 추억이 될 수 있으리라 감히 낭만적인 생각을 했던 게 벌써 일 년 전이다.

이제는 과거의 내가 참 오만하게 상황을 바라보았다는 생각이 든다. 얼마나 길어질지 모르는 불안한 상황

속에서 세계적인 악재가 투자 기회로 바뀔 수 있다는 걸 알려 주는 경제 뉴스레터를 받아 읽으며 생사를 가르는 감염병 사태가 머니 게임이 되어 버린 이 시대를 아주 오랜 시간이 지나 그때 사람들은 어떻게 해석할지 상상할 수가 없다.

계절이 네 번 하고도 두 번이 더 바뀌는 동안 '위드 코로나'란 말이 들린다. 이제는 쫓아내고 물리칠 수 없으니 안고 가자는 건지, 어쩐지 맥을 추지 못하는 힘없는 말투로 쥐어짜 내어 읽게 된다. 답답하고 불안한 시간이 너무 길어졌기 때문이겠지. 불안의 시간을 건너는 동안 어느 때보다 관계에 대한 생각을 많이 했다. 내 작은 방에서 도와 달라고 말할 수 있는 사람들이 고맙게도 늘어났다. 모두 각자 조금씩은 병들어 있었기 때문에 쉽게 마음을 열고 기댈 수 있었는지 모르겠다. 지금은 그 사람들을 위해 한 달에 한 번 이상은 수프를 끓이는 일상을 보낸다.

수프는 나눠 먹어야 맛있는 음식이니까.

"애호박 수프 너무 맛있어요. 고마워요!"

미로 같은 대학병원에서 길을 찾다가 메시지를 받았다. 아침에 끓여 식탁 위에 두고 나온 애호박 수프를 두 사람이 나눠 먹었다고 했다. 엄마도 아닌데 뿌듯하고 기특해서 길을 찾는 내 발걸음에도 힘이 들어갔다.

오늘 아침에 끓인 애호박 수프는 유독 부드러웠다. 남아 있는 우유의 양이 애매해서 다 넣었더니 평소보다 우유가 조금 더 많이 들어갔다. 평소에는 양파를 태울 기세로 강하게 볶았는데 오늘은 숨이 죽어 투명하게 변할 때까지만 볶았다. 어쩌다 보니 평소보다 순한 맛이 나는 수프를 끓이게 되었는데, 묽고 부드러운 수프가 오늘 아침 새 손님을 맞이한 작가하우스의 분위기와 잘 어울리는 것도 같다.

우유의 양을 어떻게 조절하는지에 따라 부드러움의 정도가 달라지는 포타주처럼 인생에도 적당한 양의 부드러움이 필요하다. 매번 오늘처럼 부드러운 수프만 먹으면 느끼해서 질려 버릴 수도 있다. 그렇다고 혼자 자주 끓여 먹던 수프처럼 물기가 거의 없어 뻑뻑한 수프만 먹을 수도 없겠지. 어려운 일과 쉬운 일, 힘든 일과 기쁜 일이 얽히고 교차하며 파동을 만들어 내는 게 인생의 법칙이란 사실을 받아들이기 어려울 때면 수프 한 그릇도 매번 같은 맛일 수가 없다고, 인생의 모든 사건은 동전과도 같아서 양면이 있다고 마음을 다잡는다.

"왜 이제 찾아오셨어요? 당장 검사 날짜부터 잡고, 수술합시다."

2년 만에 찾아간 병원에서는 이제 쓸개를 내놓으라는 진단을 받았다. 언제 수술대에 올라 손봐야 할지 모르는 시한폭탄을 안고 있다는 건 알고 있었지만 이렇게까지 역정을 내며 늦었다고 채근할 줄은 몰랐다. 저기, 의사 양반. 제가 제 배 속에서 무슨 일이 벌어지는지 어떻게 알겠어요.

앓던 이를 빼내는 거야,라고 생각하면 될 일이지만 역시 수술대에 다시 올라가야 한다는 건 무서운 일이다. 무섭지만 어른이니까, 덤덤하게 검사 일정과 다음 진료일을 잡고 신용카드를 내밀어 병원비를 결제했다. 그러고는 오늘 써야 하는 분량의 글을 쓰러 카페로 향했다. 당장 몸이 아픈 건 아니니까 핑계 대면서 오늘 하루 연차를 낼 수는 없다. 브런치로 수프를 파는 카페에서 머시룸 크림 수프와 베이글, 아메리카노 세트를 주문했다. 예상 수술비와 보험 약관, 보험사 청구 과정에 대한 절차를 정리한 구조도가 머릿속에 뱅글뱅글 돌아가지만 무시하고 수프부터 먹었다. 일단은 식사부터. 몸의 문제가 마음을 복잡하게 만들 때는 잠깐이라도 몸을 속여야 한다.

아침엔 애호박 수프, 점심엔 머시룸 크림 수프. 부드러운 수프로 두 끼를 해결한 오늘, 꽤나 복잡한 수술을 (마침내) 받아야 한다는 심란한 진단이 나왔지만 역시 이 집 수프는 맛있군, 하는 생각을 한다. 머지않아 내 쓸개가 어떻게 되어 버리고 나면 회복하는 동안 다시 수프를 많이 끓여야 하겠지. 손바닥만큼 작고 뻔한 내 일상에도 하루 안에 좋지 않은 소식과 좋은 소식이 이렇듯 번갈아 찾아온다. 걱정과 초조함, 기쁨과 뿌듯함이 교차하며 만들어 내는 감정의 낙차에 함부로 흔들리지 않기. 최악의 경우를 가정하는 버릇이 불쑥 튀어나올 것 같을 때, 이 부드러운 수프 한 그릇을 먹여 내 감정을 속이기. 지금의 내가 할 수 있는 최선의 방어책이다.

아마 앞으로도 이런 일은 많겠지. 어느 날 갑자기 달갑지 않은 소식을 듣고 불운을 껴안았다는 침울한 감정에 휩싸이는 일 말이다. 불편한 감정 안에 스스로를 가두지 않기 위해, 지금은 생각을 잠시 끊어 낼 수 있는 장소로 돌아갈 시간이다. 내 주방, 내가 사랑하는 낡고 바닥이 얇은 볼품없는 냄비가 있는 곳으로.

지난주에도 태워 먹어서 눌어붙은 콩을 긁어 내야 했던 그 낡은 냄비에 내가 아닌 다른 사람이 먹을 수 있을 만큼 제법 괜찮은 수프를 끓여야지. 오늘 아침에 끓여서 나눠 먹은 애호박 수프처럼, 오래전 처음 혼자 끓였던 단호박 수프처럼. 썩 괜찮은 수프를 끓여 좋아하는 이들에게 내놓고 맛있다는 말을 들으며 어깨춤을 추는 저녁. 함께하는 저녁에 수프를 곁들이면, 역시 괜찮겠구나. 점심의 불안도 저녁에는 잊힌다. 그러니 감히 기뻐하지 않고 함부로 좌절하지 않게 불 조절을 살살, 해 봐야겠다. 오늘 저녁에는 일단 퇴원 기념 메뉴로 끓일 수프를 미리부터 연습해 볼 생각이다.

수프 좋아하세요?

'do you *like it?*'
soup
FOR YOUR EXTRAORDINARY HOLIDAY

초판 1쇄 발행 2021년 11월 25일

지은이 황유미

펴낸이 이광재
책임편집 김난아
디자인 이창주　　**시리즈 일러스트** 스튜디오 빵승
마케팅 정가현　　**영업** 노시영, 허남

펴낸곳 카멜북스　**출판등록** 제311-2012-000068호
주소 서울특별시 마포구 양화로12길 26 지월드빌딩 (서교동 395-7)
전화 02-3144-7113　**팩스** 02-6442-8610
이메일 camelbook@naver.com
홈페이지 www.camelbooks.co.kr
페이스북 www.facebook.com/camelbooks
인스타그램 www.instagram.com/camelbook

ISBN 978-89-98599-89-8(03810)